天楽の夢

河口　功

善本社

ふるさとの祭りの風景

長久手古戦場桜まつり　春らんまん

芸能フェスタ　長久手文化の家
　きもの愛好会とのコラボ　花嫁着付け

2013 年　和楽器スーパーセッション　名古屋市芸術創造センターにて

2005 年　愛知万博　舞楽「万歳楽」

1997 年　愛知縣護國神社慰霊祭　奏楽

名古屋市指定無形文化財催馬楽「桜人」 2015 年　名古屋まつりにて

雅音会第 10 回定期講演会　舞楽「陪臚」 名古屋市港小文化劇場にて
客演　元宮内庁式部職楽部　首席楽長　豊　英秋師

ゲスト　豊　英秋師に花束贈呈

愛知縣護國神社　神楽「桜の舞」 宮司作詞、雅音会作曲・作舞

諏訪大社下宮御柱祭　舞楽「陵王」 諏訪雅楽会とその仲間たち
客演　舞人　元宮内庁式部職楽部首席楽長　大窪永夫師
　　　鞨鼓　元宮内庁式部職楽部首席楽長　豊　英秋師

小説のゆかりとなっている石碑（上千両神社境内）

豊《ぶんの》　英秋《ひであき》師
1944年大津皇子を祖とする
京都楽家に誕生
笙、右舞、箏を専攻
元宮内庁式部職楽部首席楽長
十二音会代表

大窪永夫師
1949年東京生まれ
篳篥、左舞、箏を専攻
元宮内庁式部職楽部首席楽長

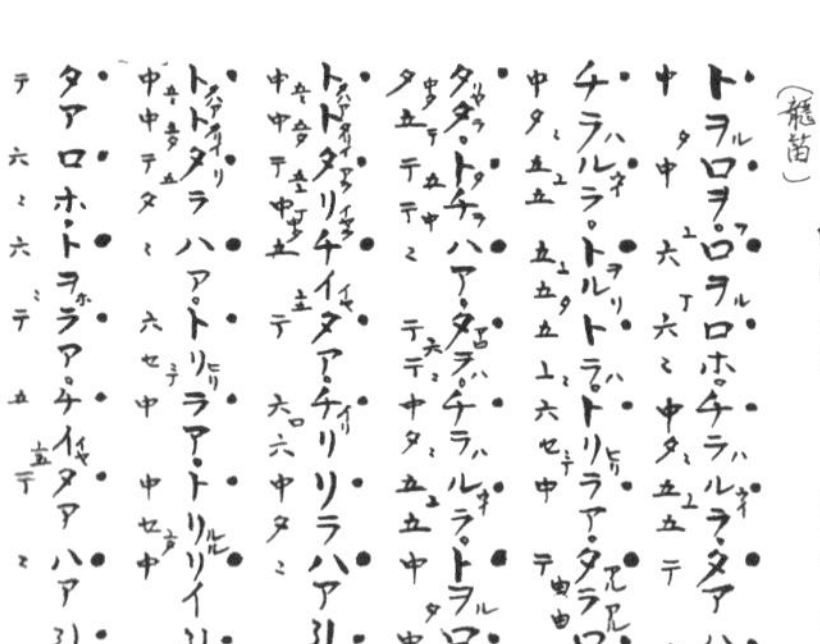

在りし日の森下弘義先生と自筆の竜笛譜

天楽の夢　◉目　次

●天楽の夢・主な登場人物●

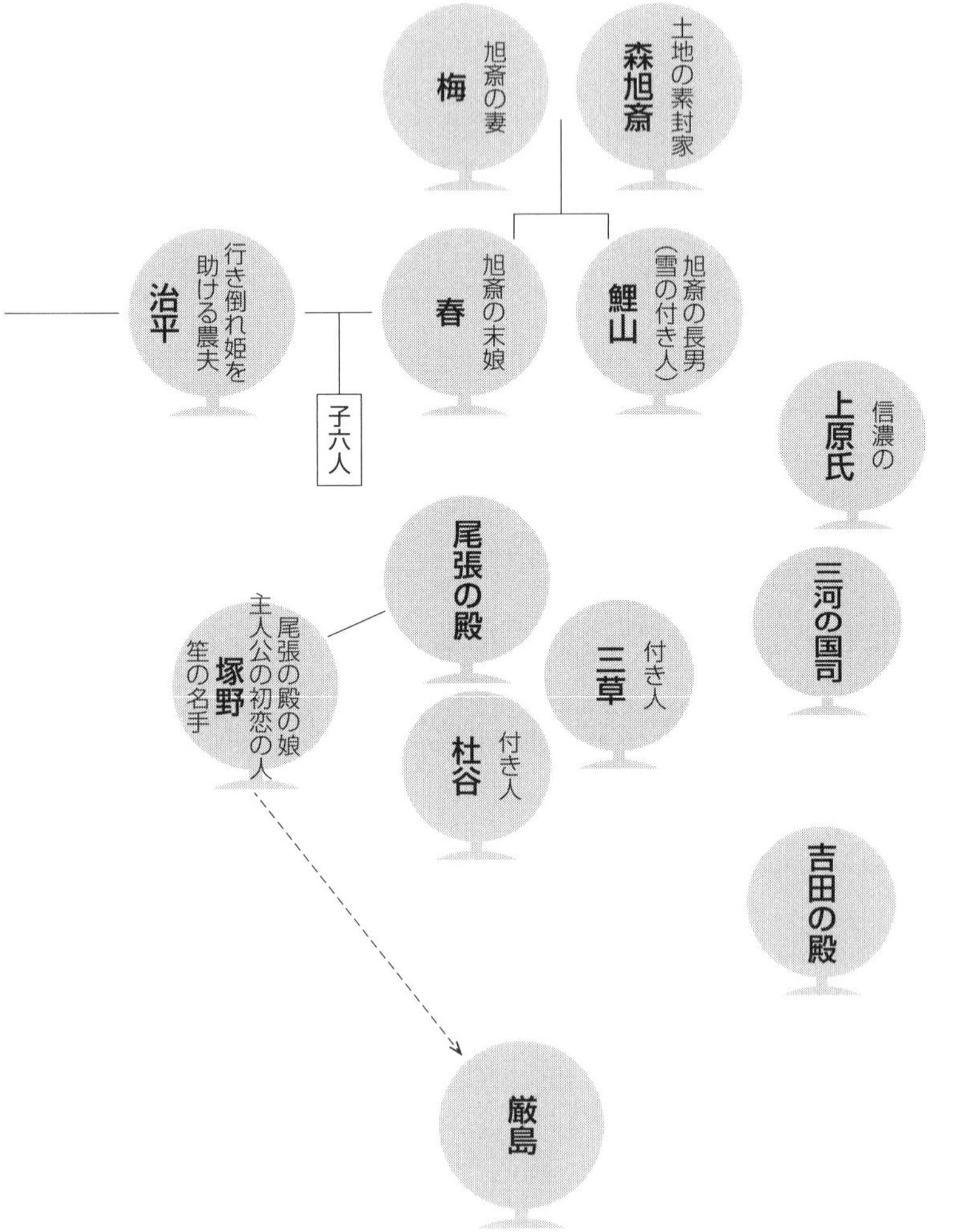
信濃の
上原氏
三河の国司
吉田の殿
土地の素封家
森旭斎
旭斎の妻
梅
旭斎の長男（雪の付き人）
鯉山
旭斎の末娘
春
行き倒れ姫を助ける農夫
治平
子六人
尾張の殿
付き人
三草
付き人
杜谷
尾張の殿の娘
主人公の初恋の人
竿の名手
塚野
厳島

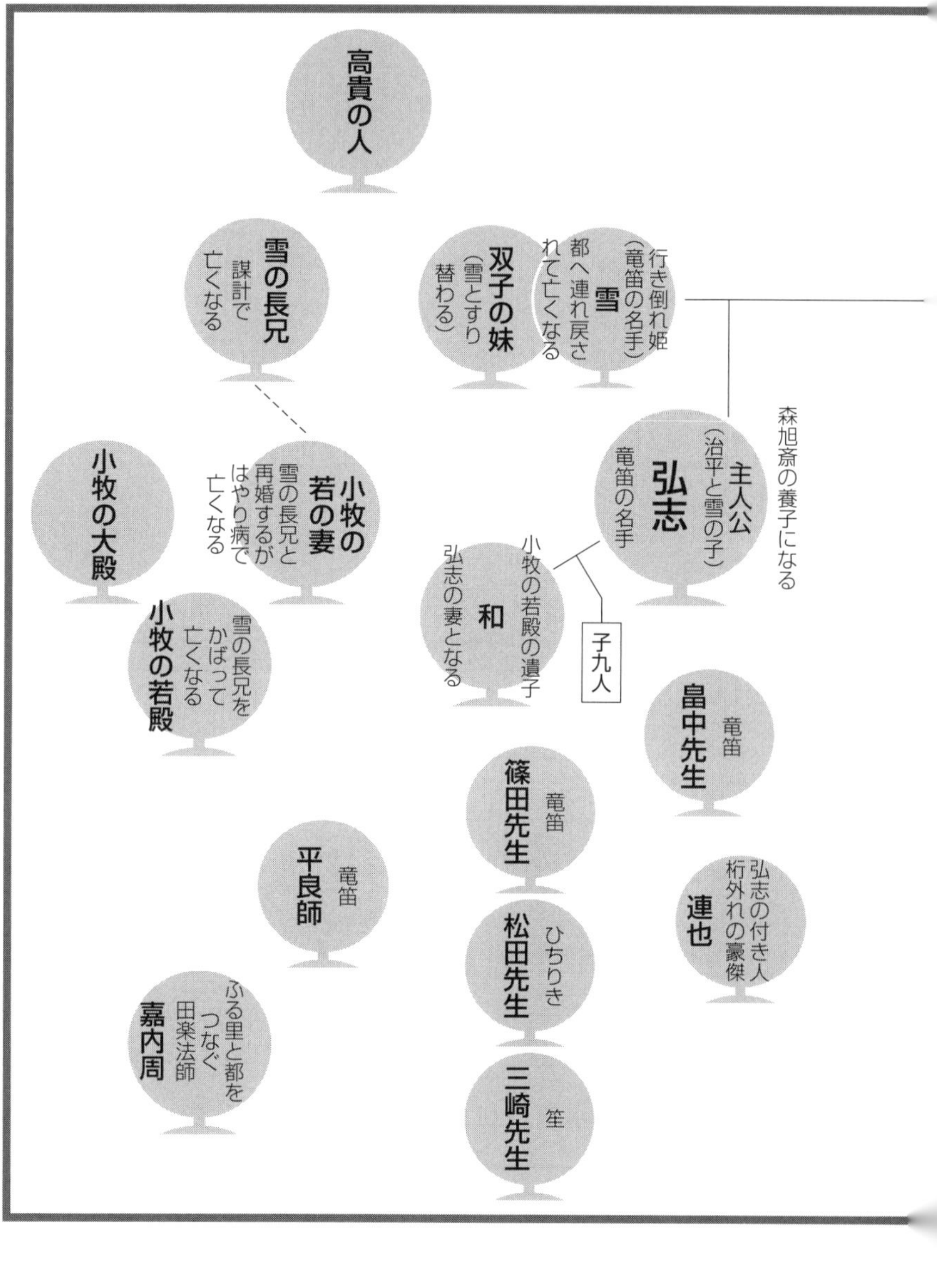
森旭斎の養子になる
主人公
（治平と雪の子）
弘志
竜笛の名手
行き倒れ姫
（竜笛の名手）
雪
都へ連れ戻されて亡くなる
双子の妹
（雪とすり替わる）
高貴の人
雪の長兄
謀計で亡くなる
小牧の若の妻
雪の長兄と再婚するがはやり病で亡くなる
小牧の大殿
和
小牧の若殿の遺子
弘志の妻となる
子九人
小牧の若殿
雪の長兄をかばって亡くなる
畠中先生
竜笛
篠田先生
竜笛
連也
弘志の付き人
桁外れの豪傑
平良師
竜笛
松田先生
ひちりき
嘉内周
ふる里と都をつなぐ
田楽法師
三崎先生
笙

夢

二月の予定も片付いて、さあ三月と思ったところで出向話。そこは三十四年間勤めた銀行とは全く違う世界で、いい社会勉強をさせていただくことができた。

ただ、仕事の途中で退社したという思いが絶えず付きまとっていた。そんな折、雅楽の師である森下弘義氏が自身の回顧録「雅楽と共に歩んで」を一冊の本にまとめたいとおっしゃられたので、二つ返事でその編集を引き受けた。

その作業の中で「くすがる」「ひずるしい」などの三河弁の書き直しを提案すると、

「これはわしの本だ。あんたが描くあんたの本なら、あんたの自由だが」

と諭され、ほぼ原文通りとした。

しかしその言葉に逆に勇気を得て、自分流のものを描いてみたいと申し出ると、快諾していただけ、後々、「できたか」「まだできんか」と心待ちにしておられた。

森下弘義氏は雅楽の世界では雲の上の存在でかつ、天理教のみ教えの親で、後年、愛知県豊川市長草町のお宅に伺うと必ず呼ばれ、雅楽談議にふけるようになった。

（雅楽は奈良時代前後に仏教等と共に大陸や朝鮮半島から伝来した民間芸能が日本古来の神楽や歌舞等と融合して平安時代に完成された総合芸能で、宮内庁楽部が演奏する雅楽は国の重要無形文化財に指定され、世界文化遺産にも登録されている。古代東洋の世界観、精神文化をとどめながら、千数百年もの間、変質すること無く伝承されている世界的にまれな伝統芸能で、合理的な西洋文化、西洋音楽と好対照を成す）

ある時、おっしゃるまま応接室に従うと、師が「伶人《れいじん》某号兵部卿・・・」と箱書き付きの、吹き口も指穴もすり減って黒光りする秘蔵の笛を取り出した。雅楽に使う竜《りゅう》笛《てき》のようである。重厚な笛は吹くとはるか遠い昔の音がした。

折も折、静岡の古刹《こさつ》から、奥州へ向かう義経が残した笛が出たという。

北隣の我が郷里、千両町《ちぎりちょう》には義経を追って行き倒れになった姫の伝説がある。

養蚕にまつわる犬頭伝説もある。

くすぶっていたたき火が一陣の風を受けて燃え上がるごとくロマンが渦巻いて、夢かうつつかまどろみ続け、夜半も過ぎてようやく深い眠りに落ちた。

ふと目覚めると、窓越しにある樹齢不詳の桜の大木の根元の空洞がほの明るく見えたので、片身を入れ、広くなるままに進むと、途方も無くまぶしい日が中天にあった。

そのまま行けば我が生家がある北隣の千両町に続くので、ついでに寄って行こうと通り慣れたはずの一本道を行くが、何となく様子が違う。

道は細く曲がりくねっていて、山も川もどことなく違い、あるはずの一本松が無い。田畑は荒地の片隅に少々あるだけで、そこかしこの家は皆、草ぶき屋根である。

そして確かここら辺と思う場所は竹やぶで、我が生家が無い。一体どうしたことか。遠い昔に戻ってしまったようなたたずまい。まだ夢の中かもしれない。

夢ならば、このまま見てみることにしよう。

行き倒れ姫

山裾を切り開いた段々畑は陽光燦々《さんさん》。黄金色に燃え立つように咲き盛る菜の花畑の上で二匹のチョウが恋の乱舞。

つい数日前まで降り続いた雨が上がると、それまでのいてつくような寒さとは打って変わって日差しは驚くほど明るくなり、柔らかな風が襟元をくすぐる。

三方を山に囲まれた村を南北によぎる往還道は、北の隣村の人たちが南の市へ出かけて暮らしのものを買いそろえ、九十九《つづら》曲がりの山道を登り、峠を越えて急ぎ足で帰るのを見かける程度で、村は留守が多いせいか、時折牛がのんびりと鳴き、鶏声がしてまた静まり返る。

道端の枯れ草の間に間にツクシも顔を出し、かげろうも揺らめいている。

牛車の主の鼻歌とわだちの音が近づくと、朗らかに歌っていた揚げヒバリが急に鳴きやんでストンと落ちるように舞い降りた。

主は牛車を止めて、田を耕している若者に、

「治平さ、精が出るのォ」

若者は手を休めると、腰を伸ばし、手拭いで頭から襟元までぐるりと拭いながら、

「へ、い、いお、天気、で」

と懸命に答える。

「治平さ、嫁はまんだか?」

と手綱の主が続ける口調には、親しさにからかいの響きが混じっている。

治平は慌てて手と首を振り、またせっせとくわを使い始めた。正直者であるが、いつもこんなふうに言われっ放しである。それでも若者は気にする様子もない。

治平は先年両親を相次いで亡くし、兄弟たちは一旗揚げようと家を出て行ったまま音沙汰が無くて、気ままな独り暮らしである。

里の寺の方から、コーーンと、午後の勤行の鉦《かね》の音がした。

治平はまだ高い日を仰いで腰を伸ばした後、くわを担いで山へ薪採りに向かった。

この山村の人たちは小農業のみではなりわいが立たず、薪、炭焼き、養蚕、手間仕

事等でやり繰りする貧しい人が大半で、鎌で刈れる程度の草木や枯れ木、落ち葉、キノコや山菜類を他人の山から採っても、自家用ならば誰もとがめなかった。

治平はようやく芽吹き始めた小枝をかき分け、落ち葉を踏み締めて山に入った。

「ホ、ホ、ホ、ケキョ、ケッキョ」

まだ鳴き慣れないウグイスの声に耳を澄ますと、犬が鼻で鳴くような声が聞こえるので、行ってみると、大きな白犬が耳をそばだてて、こちらを見ていた。

その傍らに人が倒れている。

日が傾いた山中で昼寝もあるまいと思って近づくと、子牛ほどもある白犬が身構えて低くうなった。動物好きの治平は犬に何の警戒もせずに、伏せった人に声をかけた。

「ど、どうした、ん」

と、手を掛けた途端、その手に犬が、ガブッ。しまったと慌てた。

犬とにらめっこになったが、手は痛くない。犬は軽く歯を立てただけだった。

「心配するな」と目で言うと犬は口を放した。

そして「クウン」と鼻で鳴いた。

ぼろ雑巾のように伏せった人は揺り動かしても応えない。額に手を当ててみると火のように熱い。ここから半里ほどもある家まで背負って運んでは病人の体に障ろう。幸い近くの山中に無住になった極楽寺があり、取りあえず雨露と風をしのがねばと思い、病人を背負って生い茂る草を踏み分け、小枝を払いつつ荒寺にたどり着いた。クモの巣になっていた庫裏に入ると鍋、釜、わん等々が目に入り、主が突然消えたまま日がたったといった様子である。

有り合わせの床を延べ、谷川の冷たい水をくみ、ぬれ手拭いを額に載せてやって、いろりに火をおこす。熱くした石をぼろ布で包んで足を温めると、白犬は土間から心配げに首を心持ちかしげてこちらを見ている。

薬とおなかに優しくて滋養に富んだものが欲しいが、自宅に気の利いたものは無い。

「そうだ、隣村の館様」

しばらくご無沙汰しているが、「困った時はいつでもおいで」と妻女からも言われているとことを思い出した。この際、甘えよう。

「ちょっと待っとれよ」

と白犬に手ぶりで言って飛び出し、日の落ちた山道を駆け下りて一里ほど先の館様の屋敷へ一目散。

館様というのは隣村の素封家で当主は森旭斎といい、このかいわいの人たちがいよいよ困ると駆け込む。家作も田畑も使用人も多いが、詳しいことは知らない。ただ、お城とまごうほどの館があるので人は館様と呼んでいる。

治平は駆け付けて肩で息をしつつ、勝手口の戸をたたく。

すぐに開いた戸の間から妻女の梅が顔を出し、

「何じゃ、治平ではないか。何か急用かえ。突っ立っておらず、早う中へお入り」

そう言うたもとをかき分けて、かわいい女の子が箸とおわんを持って口をもごもごさせながら見上げ、「じへい、じへい」と歌うように奥へご注進に行った。末娘の春で、兄は都に学んだまま帰らず、姉たちは嫁いだので年の離れた一人っ子である。

治平は身ぶり手ぶりで懸命に言った。

「い、き、だ、お、れ。く、す、り。く、い、も、ん」

彼の吃音《きつおん》におおよそを察した梅は、

「よしよし。窮鳥懐に入らずんばじゃ」

と、詮索することなく大きくうなずいて奥へ引っ込み、間もなく、山と抱えた荷物を使用人にも持たせて出て来て、

「さあ、これを持って早くお帰り。当座のものはそろえたが、足りないものがあったら、またおいで」

治平は米つきバッタのように何度も腰をかがめた後、もらったものを背負い、両手にも提げて夜道を急ぎ取って返した。

改めて容体を確かめ、額の手拭いを替えて、薬を煎じ、かゆを炊く支度にかかった。念入りに煎じ、炊いた物を少し冷まし、病人の半身を起こして一口ずつ口にあてがった。目を開ける力もなく、かゆも薬湯も一口二口食べてまたしなだれかかったの

で、そのまま寝かせた。

ぬれ手拭いを何度か取り換えていていつの間にか治平も寝入ったようで、気が付いた時には朝も昼も通り越して日が傾いていていた。病人は息遣いが幾分楽になったようで治平はおなかがすっぽり抜けたような空腹感に気付いた。

「昨日の晩と、今朝と、昼と抜きだで、腹ァ減るわけだ」

と独り言。白犬は少し尾を振って、目はジッと病人の方を見詰めたままである。

そのうちに病人が目覚め、治平が居るのを認めると急に身を固くしておびえた。よほど恐ろしい目に遭ってきたに違いない。治平は、心配ないよと言うふうに軽く額を振り、温めたかゆを差し出す。

病人はしばらく治平とかゆと交互に見ていて、ようやく握り拳を緩めて口を開けた。起き上がる体力も無くては、まず食べて元気にならなければと考えたものか、二口目からはおいしそうに食べた。

割れ鍋に盛って白犬に与えると、激しく尻尾を振った。

「食べよ」

と言ってやると、治平と病人とかゆとを忙しく見比べてから、ガツガツと食べ始めた。

普段は雑穀ばかりの治平にも、米のかゆは格別のごちそうだった。

病人はまた深い眠りに落ちた。

あかじみ、乱れ放題の頭に薄汚れた小袖。まだ子どもか、痩せてか細い手足には無数の擦り傷があり、足裏の幾つもつぶれた血豆も痛々しい。

こんないたいけな童一人、追い出したのは誰だ。どういう了見だ。そう言いたくとも憤懣《ふんまん》やる方無い。それにしてもこの辺りの顔立ちではなさそうだなどと思ううちから治平もまた睡魔に誘われた。

そして目覚めると、ほこりにまみれて正体も無く伏せっているきゃしゃな人に見入った。

治平は吃音による引け目を覚られまいとカタツムリのようになってい、独り暮らしのわび住まいが久しかった。それが、拾い込んだ人が自分と同じカタツムリのように思えてうれしくなってきた。病人で何の愛想もないとはいえ、確かなぬくもりが息づいていて、治平をほのぼのとさせた。

春もまだ入り口の山は冷え、放置すればどうなっていたか。助けて果たして喜ばれるかどうかは分からないが、そんなことなどどうでもよい。

幸い、一言もしゃべらない。しゃべるために四苦八苦する治平にはちょうどいい。夢中であれこれと世話をして一カ月もたたないうちにそれが楽しい日課になった。

日増しに元気になってきたそのカタツムリは一歩も外へは出ないが、時折、そおっと外をうかがい、治平の瞳の奥をのぞき込むようなまなざしをすることもある。それは外に関心が向き、心の扉を少しずつ開き始めているようで、治平はうれしくなった。ただ物音に極度におびえるので、治平は客人が村人に見つからないように用心した。

そのうち、炭焼きを思い付いた。炭焼きならば何カ月も何年も山に居て煮炊きし、起居しても不審がられずに済むではないか。

山主の家に駆け込み、身ぶり手ぶりで懸命に懇願して、作る炭の半分は自由にできる約束を何とか取り付けると、勇躍、跳んで帰って窯造りに取りかかった。

見よう見まねでようやくできた窯に刻んだ生木を並べ、薪や落ち葉を詰め込んで火を入れると白い煙がむせるほど立ち込め、思わず「よし、細工は流流」と口に出た。

一日、二日。白い煙が少なくなった頃合いを見て、たき口を泥土でふさぐ。

窯が冷める頃合いに開けてみると、初めてにしては上出来の真っ黒な炭が出てきた。

「首尾は上々」と、心の中で快哉《かいさい》を叫んだ。

汗を拭き拭き、出来たての炭を窯から出し終わって昼食の支度に戻ろうと勝手口を開けた途端に顔と顔が鉢合わせ。

客の驚いて大きく見開いた目があった。客は慌てて口を袖で覆った。笑ってはいけないと必死に耐えるその手の隙間から、「プッ」と一つ吹き出した後は、

「フフフ、ホ、ホ、アッハッハ・・・」

もう止まらない。

あ、客が笑った。正気だ。しゃべれるのだと治平はひと安心した。同時に、何がそんなに面白いのだろうと思って土間の片隅の水がめをのぞくと、真ん丸な目のタヌキが治平を見詰めている。驚いた目がおかしいと思うとタヌキも笑った。

それがすすと炭にまみれた自分の顔だと気付いたのはしばらく後である。

一緒に笑い終わって初めて、治平は笑い声の主が女だったことに驚いた。

「髪を洗わせてください」

客が初めてしゃべった。涼やかな声だった。

治平は急いで沸かした湯をたらいに張り、なるべく明るい色の着物をそろえ、「窯を見て来る」と手ぶりで言って庫裏を出た。

湯あみも身じまいも済んだ頃合いと思って戻った治平は一瞬、「ひえっ」と肝がつぶれるくらい驚いて思わず飛びのいた。

神々しいまでの美しさ。

幼い頃、母から寝物語に聞かされた天女に違いないと、身震いが止まらなかった。

すると、玉を転がすような声が降ってきた。

「今まで黙っていてごめんなさい。私、雪と申します。いつまでもここに置いてください。どことて行く当てもない故、お頼み申します」

「おらァ治平だ」

と答えたのみ。吃音の上に驚きで後の言葉が出ないだけで、困る理由など何も無い。

雪は懸命に事情を説明する。

「詳しいことはいずれお話しさせていただきますが、都の十余年も続く争乱に翻弄《ほんろう》されて、私たちは西に東に散り散りになりました。

私はわずかな供とこのシロを連れて東国を目指しておりました。途中、何度も敵に追われ、盗賊に襲われたりして山へ逃げ込みました。お供たちも果敢に応戦してくれたのですが、このシロが一番賢く、よく働いてくれました」

シロが、「オンッ」と誇らしげに鳴いた。

「しかし、追い回されるうち、いつしか供の者と離れ離れになってしまいました。

かくまうと言いながら密告されたこともあり、目立たないよう、物乞い姿を装いました。

仮に東国まで苦労して無事落ち延びることができたとしても、そこも疑心暗鬼だったらどうしましょう。人が信じられなくなり、もう逃げ疲れて、このまま死ねば楽になれると思いました。

それが治平さんから底無しの親切をいただくうちに、暗闇の中に希望という一筋の明るい光が差してきたような気がします。

ここには今日一日の心の安らぎがあります。私は御殿の虚飾の暮らしなど全く望みません。何も要りません。ご迷惑でしょうが重ねてお願い申します。

どうぞ、ここにいつまでも置いてください。お手伝いも覚えますから」

と三つ指突いて伏し拝まれてしまった。

「ま、ま、ま・・・」

天子様のおわす御殿ならば治平にとっては、やはり雲の上の人である。

天女にそこまで信頼されては応えないわけにはいかない。全然ご迷惑じゃない。舞い上がりそうなほどうれしい。しかし、神々しい天女様とどうやって一緒に暮らせばいいのだと考え込んでしまった。

「お願い。雪、と呼んで。どうか今まで通りここに置いて。それから、このシロもよろしくお願い致します。」

白犬は尻尾を振り振り、前足をそろえて「ウオン」と鼻にかかった一声を上げ、耳を畳み畳み、「頼みます。お願いします。よろしく」とばかりに何度も伏せた。子牛ほどもある大きな犬が身をよじって、かわいい目でひたと見詰めてくる。

治平はそれを見てやっと人心地が付いた。

天女でもご飯は食べた。くしゃみもせきもした。時には何やら寝言も言っていた。どうやら人間と大して変わらないらしい。

「居れば、いい。ずっと、居れば、いい」

と、喜びは顔で言い、昼食作りにかかった。

ヤマグリを入れた雑炊、タニシと三つ葉のうしお汁、焼きイナゴ、とろろ。おなかへの負担が少なくて滋養たっぷりである。

山村に暮らす人の多くは自家の作物だけでは生計が足たず、養蚕、炭焼き、薪作りなどに精を出し、大家の手伝い口を探して足しにし、野山にもたらされる山菜採りと、コマネズミのように働くだけだった。

拾い込んだ雪が希望を持ち込んだ。

春浅い野山にフキノトウ、ワラビ、ゼンマイ、三つ葉、タラの芽など、山菜採りが楽しみに変わった。梅雨の頃はヤマモモ、夏のウナギの穴釣り、晩秋からジネンジョ掘り、タニシ採り。

ことに、ヤマモモは野イチゴに小梅の種が入ったようなもので、甘酸っぱくておいしく、月明かりに虫たちが奏でる音楽を聴きながら、食べ、語り合うのが至福のひと時になった。

月が雲に隠れると虫たちの鳴き声がひときわ高まる。

「ほら、蛍。蛍がいっぱい飛んでる」

雪が感嘆の声を上げた。舞い込んできた蛍を手のひらに載せると、明滅して雪の顔がほの白く浮かび上がり、消える。治平はあまりの美しさに息をのみ、雪がそのまま消えてしまいはしないかと怖かった。

梅雨が上がると暑い暑い夏が来た。

セミが狂ったように鳴き通してにわかにポタッと落ちた。そんなまた一段と暑い日、治平は土間でわらじを編んでいた。雪はヤママユの糸紡ぎ。

この日の暑さは破格で汗を拭う方が忙しい。昼下がりに西北の空に一点、黒雲が現れたと思う間もなく空を覆って真っ暗になり、鳥たちが慌ててねぐらへ帰って行く。息苦しいような暑さを感じた一瞬、目がくらむような閃光《せんこう》と、脳天を引っぱたくような雷鳴に続いて、庭先の大木が真っ二つに裂け、倒れてきなくさい臭いが漂った。

雪が恐怖に固まり、ひたと治平を見る。立て続けの稲妻に続いて、たらいを引っ繰り返したような豪雨が家を揺るがす。治平が窓を閉めようと腰を浮かせた瞬間にまた雷鳴がとどろき、雪が悲鳴を上げて治平にしがみ付き、勢い余って倒れ込んだ。

震える雪を思わず熱く抱き締めた治平は、

「おそがかないよ」(怖くはないよ)

と耳元にささやいた。二人の動悸《どうき》はたちまち高鳴って、それまで抑えに抑えていた情念が禁断の壁を突き破り、熱い奔流となって歓喜の渦へのみ込まれていった。

やがて雷雨が去ると雲間から日が差し、こちらの峰から向こうの峰にかけて特大の虹の橋が架かった。

二人はそれが愛を祝福するおてんと様と雷様の特大の贈り物だと思った。

治平は昨日まで、雪は天女と変わらない別世界の人で、居てくれるだけで十分だと思うように自分を強く縛っていた。それが雪には越すに越せない壁になっていた。

仮に聞いて、嫌いと言われたらどうしよう。もう死ぬしかないと思うと聞くに聞けず、もんもんとしながら、それも、おくびにも出さないようにと気遣う二重の垣根に阻まれていた。

その垣根を雷様が手もなく取っ払った。

夏の終わりを告げるセミが、オーシーツクツク、オーシーツクツクと爽やかに鳴く。秋の日はつるべ落とし。取り入れを済ませて帰る頃には満天の星。待ちわびた雪がもろ手を広げ、満面の笑みで治平の懐に飛び込む。

秋の夜長。クツワムシや鈴虫、カネタタキなど虫の大音楽会も月が昇ると一段落。窓の月明かりで語らいつつ、治平はせっせと縄をない、こもやわらじを編む。雪は繭から糸を紡ぎ、寝る前のひとしきり、夜なべに精を出す。

暮らしは自給自足、物々交換が主だ。絹糸は貴重な現金収入の一つで、蚕を育て繭から糸を紡ぐ作業が年四回できれば暮らしは楽になったが、天候次第だった。

治平の絹糸は評判良く、特にヤママユから紡いだ天蚕糸は奪い合うように売れた。

集荷場は郡司の役場を兼ね、近くの下千両《しもちぎり》（犬頭）神社には献絹糸上下千両と書かれた木簡の宝物がある。当時、絹糸千両（三十七・五キログラム）を屈強の若者と片道十一日かけて朝廷へ献上してい、養蚕にまつわる犬頭伝説が神社の別称になった。

わらじは暮らしの必需品で、どこの家でも雨休みや夜なべに編む。治平は雪のわらじの鼻緒にきれいな布を編み込んだ。それからまた、わらを木づちでたたいてほぐす。トントントントン、トントントントン・・・・

雪はおなかをなで、錦繍《きんしゅう》の細長い袋から笛を取り出すと、トントンに合わせて吹き始め、ふと吹きやめると、治平に笛を押し付け、

「これは雅楽に使う竜笛《りゅうてき》というの」

と言いつつ、構え方を手で添えて教え、口に当てて吹かせて良い位置を覚えさせ、一節ずつ唱歌を歌っては吹かせた。少し吹けるようになると雪がもう一本の笛を出して、一緒に吹き、雪が篳篥《ひちりき》の唱歌を歌って合わせる時もあった。そして、

「雅楽は、ね、雲間から差し込む光を音に模した笙《しょう》が七色の和音を奏で、篳篥が大地の響き、人の声で主旋律を奏で、竜笛が風の音、竜の鳴き声で副旋律を奏で、鞨鼓《かっこ》、太鼓、鉦鼓《しょうこ》が時を刻み、琵琶《びわ》、箏《そう》（琴）が自然のリズムを担って三管両絃三鼓で演奏する管絃と、舞が主の舞楽、歌が主の神楽や東遊び、催馬楽《さいばら》、朗詠など、いろいろあ

るの。

雅楽は自然に溶け込む音楽なのよ」

雪は治平が着物の繕いをするのをまねて針を持った。初めはたどたどしかったが、木枯らしが吹く頃になると、針運びも姿良くなり、産着の形が見えてきた。

別人のように豊満になったおなかをうれしそうに撫で、

「動くの、ほら」

と治平の手をおなかにいざうと、おなかの子が盛んに動く様子が治平にも分かった。

治平はこのいとしいものを独り占めしている雪がうらやましかった。そしてふと、一番弱々しい雪に畏敬の念さえ抱いた。それは女の強さなのか、守っている何ものかの威光か。雪はそんな治平の感慨を知らぬげに喜色満面でいる。

ただし、治平には一つの懸念があった。雪のおなかがますます大きくなって、

「よいしょ、どっこいしょ」

と振る舞うようになり、治平は気が気ではない。産婆を呼ぼうと言うと雪が怖がる。

逡巡《しゅんじゅん》しているうちにおなかが痛いと言いだした。もう一刻の猶予もない。治平は日頃何かと頼っている館に疾風のごとく駆け込んだ。梅の顔を見るなり、

「子が、生ま、れそう」

と言って、しゃがみ込んで肩であえいだ。

「いつ、子ができたのじゃ、黙っておって。それは大変。すぐに産婆を呼べ。大釜にたらい、それに白布、馬、荷車、あ、私も行く」

と使用人に指図。そろうや治平が馬のくつわを取り、土煙を上げて山道を駆け戻る。産婆と梅の介添えで妊婦を励まし励まししして、やがて元気な男の子が産声を上げた。愛の証しの新しい命の誕生は幸せの第二楽章の始まりだった。

まだ顔の輪郭も定かでないみどりごに朝から晩まで付き切りで、口が治平に似ているとか、目、鼻立ちが雪にそっくりだとか言い合って一日一日が飛ぶように過ぎていった。

赤子の表情は日ごとに豊かになり、まだ言葉にならない声を出して盛んに話しかけ

てくるようになった。

二人には万物がこぞって祝福してくれているようで、怖いばかりの幸せに包まれていた。この平穏がいつまでも続きますようにと、二人して祈った。

ある晩秋の満月の夜。大きな月の光の中から厳かな楽の音に乗って、供ぞろえも美々しい立派な牛車《ぎっしゃ》が軒先に横付けになり、進み出た青年が恭しく、

「父君の御命により、姫君をお迎えに参上致しました。都へ帰られませ」

「いえ帰りません」

と、姫は即座に答えた。

「帰っていただかなければなりません。帰って大和に楽園を築くのです。身分の上下、男女の隔てなく助け合って、皆が楽しく暮らす国です。身分も男女も役割の違いで、それぞれの立場で精いっぱい働き、収穫を等しく分け合い、むつみ合って暮らす国という意味です。

姫君には、やっと手にした平安の日々をもぎ取るようで申しにくいことですが、貧

困や病苦にあえいでいる多くの民を救うため、心を鬼にして申し上げるのです。恐れ多くも姫様は万民を救って国の母と慕われ、後の世の語り草になられるお方になる、その関門なのです。何としてもくぐっていただかねばなりません。万民が姫君の救いを待ち焦がれてい、今を外して時はないのです。兄君が亡くなられ、次兄もその次の兄も神仏にお仕えする御身では、姫君しかいないのです。不肖、手前ごとき者はあまたいても、船頭多くして船山に上るで、姫君がいなければ船は海原を進まないのです。その姫君が、我関せずとお逃げ遊ばされるのですか」

と舌鋒《ぜっぽう》鋭く迫った。

雪は青年の顔を改めてしげしげと見た。

優しくともどこまでも見透かしそうな澄んだ目、キュッと結んだ口元。どこかで見たような。あ、長い眉毛と髭を付けたら、ものの言い方まで若い旭斎！」

と思ったところで目が覚めた。汗をビッショリかいていた。

隣ではややも治平も寝息を立てている。

「夢か」雪は長いため息をついた。

ところがその日の夕方、満月を背に、旭斎を先導にして屈強な供を十数人連れた正装の使者がやって来た。昨夜の夢は正夢だったのである。雪は即座に、

「いいえ、帰りません」

夢と同じ問答を繰り返しながら、雪はこれって何だろうと不思議な気持ちになった。ややを抱いた治平は蒼白《そうはく》になっている。雪には今の幸せを手放す気は毛頭無い。

青年はひるむことなく、切々と窮状を訴えた。

「父君はお年で、最近気が弱くなられた。そこへもって兄君がにわかにみまかられたので、打ちひしがれて倒れられ、苦しい息の下から、このままではまた戦乱の世に逆戻りしかねないので、姫君の首に縄を付けても連れ帰ってくれ。全ては万民のためと。

おじい様も待ちわびておられます。何とぞ、何とぞ・・・」

と、一歩も引かない。

雪には、国の乱れを私一人にどうせよというのかという冷めた思いがある。それに聡明《そうめい》にして頑健な兄の死など考えられなかった。

父母は公務に忙殺されていて、養育は乳母や養育係に任せ切りで、その代わりのように長兄が絶えずそばに居てくれた。兄は父のような存在だったのである。

雪は治平が抱いたややの顔をしげしげと眺めていて、ハッとして問い詰めた。

「兄はいつ、みまかられたのです」

「昨年の大暑の頃でございました」

雪は昨年夏の、雷様に始まった夢のような出来事を思い出し、

「この顔のほくろ、もしや、この子は兄の生まれ変わりでは・・・」

と口に出しかかってのみ込んだ。つじつまは合う。顔立ちまで似て見える。そう思った瞬間、ややが眠ったまま、ニッと笑った。

「そうだよ」

まるで、そう言ったように見えた。

人は亡くなるといずれまた縁ある家に生まれてくるという。その兄とは戦乱が中を裂き、この子とも裂こうというのか。

何故私がそこまで耐えなければならないのか。

しかし「万民の幸不幸が私の決断一つに懸かっている」と言われては真っ向から反論もできず、雪は胸が締め付けられるような苦しさを覚え、ややと治平のことを思うとご飯も喉を通らず、夜も眠れなくて二日たち三日たって、雪は半狂乱になった。

治平にしても、別れることは身を裂かれるよりもつらいが、産後のことで、このままでは雪自身が危ない。死んでは元も子もない。雪を解き放たなければと考えた。

雪は国の母。自分とは別世界の人だ。雪とのことは一時の夢だったと思えばいいと我が胸に言い聞かせ、その代わりこの子はわしのものだ。死んでも放さんと決めた。

「万一、敵に追われればみどりごが足手まといになるので、後から子どもと一緒に行くから」

と治平は心にも無いうそを言った。

雪は唯一頼りの治平にまで言われて反論する気力も失った。

「さあ、帰りましょう」

と青年が雪の袖をつかんだ途端、犬のシロが青年の狩衣《かりぎぬ》の裾にガブッ。シロは、無理難題を強いる青年が我が主君に手を出したと思ったたろう。それを見た犬嫌いの供が、スワッ、上司危うしとばかりにシロを刀で払い、止める間も無かった。

「何ということを・・・」

雪も治平も、そして青年も凍った。

シロは「クウン」と悲しげな最期の一声を漏らして息絶えた。

雪は突っ伏して泣いた。かわいいだけではない。物心付いた時にはシロがいた。賢くて強くて、敵や盗賊に襲われた都度、勇猛果敢に闘って守り通してくれ、空腹に耐えられない時は食物まで探してきてくれた命の「恩犬」。加えて、治平と心が通じるまでの間、心の闇路をさまよった。シロがいなければ到底生きていられなかっただろう。

泣きに泣いて長い時がたち、涙も凍った雪は凄絶《せいぜつ》な顔を上げ、

「我が分身とも思うシロは死にました。いとしい人、かわいい限りのややとも裂かれて、私の心は死んで夜叉《やしゃ》になります。

治平さん、無い命を助けていただいた上、どんな宝にも勝るかわいい子を授かって私は天にも昇る思いでした。ありがとう。ありがとう。この思い出を闇夜の一灯にして、この息が止まるまで闘い抜きます」

とまなじりを決して未練を断ち切った。

「治平さんとややを置いていかなければならないことはこの身を裂かれるよりもつらいことですが、私でなければ多くの民が助からないと言われてはあらがえません。誠の人、治平さん、どうぞお達者で。それから、この子をくれぐれも頼みます。この愛管をこの子に置いて行きます。代わりに治平さんの笛をください。

あまりにも幸せ過ぎて、いつか別れの日が来るのではとの不安が振り切っても振り

切っても付きまとっていましたが、とうとうそれが現実となってしまいました。でも、来世で再び巡り合えたら、またあなたのお嫁さんにしてね。きっとですよ。でないと、私、本当に駄目になってしまいます。私に気兼ねなど無用で、この子を育てるために早く好きな人を見付けて、必ずこの子共々楽しく暮らしてください。それだけが私の最後の願いです。もう行かなければなりません。ややを、どうか、どうか、よろしくお頼み申します」

治平の手の平に凍る涙を残し、自らと決別するべく袖を翻した。

満月から四日過ぎてまだ十分に丸い月の中、行列が粛々と遠ざかっていく。牛車の上から身を乗り出して手を振る雪が寝待ちの月のかなたへと消えて行く。治平は、「行くな」と何度も叫ぼうとするが、声が出ず、金縛りに遭ったように身動きできない。

匂い立つような神々しいまでに美しい人が我が腕の中にいた。

ある日突然、月の宮へ帰ってしまうのではないかという恐れが絶えず付きまとっていた。やはり月へ帰った。天女だったのだ。夢だったのだ、そう思おうとした。しかし、現に、雪にそっくりな愛の証しがここに居て、思い切ることなど到底できなかった。これ以上無い幸せの日々が一瞬にして断末魔のような苦しみに変わり、いっそ、幸せなど無ければ良かったとさえ思った。

ややの「あーあー」という声で我に返る。

シロが悲しいひと声を上げたままの姿で横たわっている。

まだぬくもりが残っているのが余計に哀れで、重い心に自らむち打ってややを負い、くわを振るって埋め、雪も死んだと思うことにして、松を植え、石を載せ、する間も雪とシロの幻影がまとわり付いた。

後を追って死ぬことも考えた。しかしそれでは雪との約束を舌の根も乾かぬうちに裏切り、背中のややを道連れにすることにもなる。その無邪気な寝顔を見ては死ぬ気もなえ、治平は心が凍り付いたまま立ち上がった。

夕暮れ迫る薄闇の木立の中で、ヒグラシが一つ鳴きかけると、あちこちから、カーナカナカナ、カーナカナカナカナカ、カ、カ、カと、まるで悪鬼たちが地獄の底から騒ぎ立てるように響いた。

やがて群雲が月を覆うと木枯らしを呼んで吹きすさび、こずえを笛のように鳴らした。それが治平には、雪が悲しさに耐えかねてむせび泣いているように聞こえ、雪が去っていった方角に夢遊病者のように歩き始めた。

深夜、赤子を抱いた治平が館の勝手口に立った。赤子も空腹が過ぎたか、ヒーヒーと弱々しく泣くのみ。

妻女の梅は急いで招き入れると赤子を抱き取って温めたヤギの乳を飲ませ、治平は自ら食べようとしないので、雑炊わんを押し付けた。一間をあてがって、

「今日はもう遅いで、食べ終わったらゆっくり休め。このおひつに熱いお湯と一緒にヤギの乳を入れておくから、赤子が泣いたら飲ませよ。じゃあ、お休み」

翌日から子育てが末娘の春のままごとの日課になり、次第に本気になっていった。

旭斎は健やかな弘志と母親に成り切った春を見て、治平と春の本心を確かめた上、この世は夫婦が元で成っていると説き、誓わせて、ささやかなお祝いことをした。治平の自家では、無口な治平と、コマネズミのように動き回る春は相性が良いのか、弘志の成長を待っていたように、二人の間に次々と子どもが生まれた。

そこへ治平の姉が夫を亡くし、三人の子を連れて帰ってきたので、弘志以下七人の子と合せたふた家族が、親の懐に抱かれるように肌を寄せ合い、子だくさんで貧しくともほほ笑ましい家庭があった。

しかし弘志も成長につれていつも粗末ななりが恨めしくなり、ある年の村祭りに晴れ着を着せてくれと駄々をこねて治平の雷が落ちた。春はいじけて家の暗がりですねる弘志を抱き締め、

「母とて人並みのことをしてやりたいが、してやれん。やらん。それはな。お前が生まれて間もなく大病にかかって薬石効無く、氏神様に、何が何でもお助けください。助けていただいたら、家の者皆で倹約に努め、世のため人のためにささげます、とお

誓いしたからじゃ。それは大変尊いことで、お前もお利口に辛抱すれば、お手伝いしたことになる。日々積み重ねた陰徳は将来求めなくとも戻ってきて、苦労したくともできんようになる。よう聞き分けてくれ」

と泣いて諭した。

この時、弘志は優しい母の大粒の涙を見て大変な衝撃を受け、母を悲しませてはいけないと、幼心にも固く決意した。

少　年　編

村祭り

押し入れを改造した小部屋に身寄りのない年寄りを住まわせ、治平の姉親子に一間をあて、残る一間に治平・春と子供が七人。年々育って弘志の足が廊下にはみ出す。

春の実家は子どもがいなくて、弘志は請われて森家の子となったが、何ら変わらなかった。どちらの家で寝るかはその場の成り行きのような暮らしだったからである。

先年の大嵐による甚大な災害も、弘志は両方の村の手伝いをした。

皆協力し合って段取り良く復旧に努めたので意外に早く復興し、皆、当たり前の暮らしのありがたさをかみしめ合った。

田植えが済み、二度の草取りも済んで広々と広がる青田には穂が出始めていた。

このまま嵐が来なければ豊作間違いなし。豊作が三年続けば暮らしはひと息つけると村人の顔は明るかった。

「そォいやぁ、お祭りを何年もやっとらんのン」

と言う声が出て、そうだそうだという声が高まり、祭りは米の取り入れ後、そして恒例の田楽も、その一カ月後にすることで話がまとまった。

この村は一部から三部までが上。下は四部から七部で、お祭りは上下別々にやる。

上千両神社の境内の整備の段取り、神主や招待客、厄払いの鬼、祭り青年は型通り決まったが、花形の稚児の太鼓の舞三人はどこも我が子にさせたいので、いつものことなから難航した。

雅楽は、という声が出かかって、「無理だわなぁ」で片付けられた。

伝承してきた当の本人さえ、どこが怪しいのか半信半疑では教えようがない。

ところがたまたま館に逗留《とうりゅう》していた客人が何なら手ほどきしようかと申し出、足りない楽器は三河一宮の砥鹿《とが》神社が稽古用でよければ貸すというので話は決まった。

弘志はついこの間までは住民で今も生家に入り浸り、養家は村人にもなじみ深い館なのでいや応なしに仲間にされ、竜笛。治平は笙になった。

稽古は管別の部屋で基礎を教えられ、課題を与えられて部屋ごとに励み、数日に一度、先生が手直しして進められた。

そして迎えた祭りの日。

赤トンボが群青の空を覆うほどに群れをなし、秋の日に羽をきらめかせて飛ぶ。

赤黄に彩られた山並みが囲む里は、つい先日まで黄金色に波打って豊かに実っていた稲田がきれいに刈り取られ、切り株と稲架《はざ》が幾重にも広がり、連なっている。

この村を南北に通り抜ける往還道も、それと交錯して東西の山に至る農道も、今日は五年ぶりの祭りと聞いて親類縁者はもちろん、近郷近在の見物客でにぎわい、出店も並んで華やぎがあった。

社務所では祭りの準備万端整ったところへ、神主が少々浮かない顔で入ってきた。

「実は禰宜《ねぎ》の家によんどころない急用が出来《しゅったい》したので、済まぬがそちらで祭員を一人出していただけませんか」

と言う。選ばれれば光栄ここに極まれるとはいえ、神前で何か粗相があっては村中の笑いものになると、皆、尻込みしているので、神主が、

「あんたはどう、駄目、じゃああんたは」

と名指しして、皆青菜に塩のごとく小さくなったところへ治平が玉串にするサカキを持って入ってきて、上座の机の前にすッと座って置いた。

それを見た神主が満面の笑みで、

「そうそう、そのお人じゃ。だいぶ年季が入っとるのン。ぜひお頼みしたい」

と。それで祭員もそろい、合図の花火が山あいの村に響き渡って祭りが始まった。

笙が木漏れ日のような序奏を吹きだすと粛とし、楽の中、厳粛に祭員入場。

治平が恭しくおはらい。続いて神主が祝詞を厳かに奏上する。その間に間に楽の音が荘重に響き渡った。

三月そこそこにしては上々のできに、村人から称賛の拍手が起こった。

旭斎が招いた賓客がまだ童顔の笛吹きに関心を持った。

「じい、あの若者は何者じゃ?」

「手前の子の弘志にて・・・」

「あのようなお子がおられたか?」

旭斎が白髪頭をかきながら、

「都落ちの姫と助けた若者の間に生まれた子でしてな。姫は連れ戻され、うちの娘がままごと遊びで面倒を見ているうちに逆に我が娘を取られてしまったようなあんばいで、それで窮余の一策であの童子をもらい受けたわけでして・・・」

「ほう、面白そうな話じゃな。なかなかいい目をしておる。ひとかどの者にしたいな」

と、退出する弘志を呼び止め、

「そなた、習い始めてどれくらいになる？　何、三カ月？　それにしてはよく吹けるの。

笛は好きか？　ならば本格的に習ってみぬか。国府には都の楽師も折々来るでな。なかなかいい笛を持っておるの。どれどれ、ちょっと息を入れてもよいかな」

と、姿良く構えて吹くと素晴らしい余韻が残った。そして笛をなでさすり、ためつすがめつして目を丸くした。それは先の帝《みかど》が名手の孫娘のために三管作って好きなのを取らせた、伝説化した笛に似ていて、客は弘志と旭斎と笛を改めてまじまじと見た。

祭り儀式は滞りなく終わり、祝いの席に客人を迎えた村人はしばらく神妙にしていたが、座が和むとお流れ頂戴とばかりに客の前に進む。杯を交わし合ううち、

「おめェ、館様んとこの昌か？　出世したなぁ」

とおどけた声を上げると、賓客が、

「おぬしは竹、隣が四郎でその隣が治平・・・」

と応じた。

ひと昔前、旭斎は国司からひ弱な若様の養育を頼まれ、それならばと若様を館に預かり、学問などそっちのけで貧農の子たちと泥まみれで遊ばせた、竹馬の友だった。役所の人と言っただけなので、よもや国司の子息などとは思わず、何の遠慮も無く、いささか品下がる歌や踊りも飛び出して、鉦《かね》や太鼓の大騒ぎ。

付き人たちはあぜんとして制止もできず、片隅で小さくなって杯をすすっていた。

花火を合図に拝殿の中から厄男が扮《ふん》した般若の面の露払い、白鬼、黒鬼、おかめが幔幕《まんまく》をかき分けて現れると、子どもたちが嬌声《きょせい》を上げる。

鬼が持つ五色のご幣を持つとその年は無病息災というので皆、競って手を伸ばす。いたずら盛りの子どもたちは鬼の隙を見て飛び付いて取る。取られた鬼は子どもと見ると脅し、追いかけ、子どもたちがクモの子が散るように八方へ逃げる。

獅子は拝殿の前でする神楽獅子舞はほんのお義理で済ませ、鬼に加わって、唐草模様の布の胴をなびかせカツカツとけたたましくかみ立てて逃げ回る子たちを追い回す。それは、追っているうちに大人自身が昔、追われて逃げ回った記憶と重なってくるからで、老いも若きも童心に帰って飛び回っている。

祭り行列が露払いを先頭に粛々と進む。いつも裏方のうちのお父っちゃんが今、神主姿で厳かに目の前を行く。村一番の雄姿が春にも弘志にもまぶしかった。

おみこし連はお神酒のせいで足元が定まらず、渡御の道から外れて祭り役が清めの水をまき、大太鼓で前進を促す。その後に村人たちがアリの行列のように続く。

青年たちが高らかに歌い上げる笹踊りの伊勢音頭に乗って、三人の稚児たちが胸に抱いた小太鼓をたたいてクルクル回りながら踊る。

ここのお家《いえ》は　枝も栄えて　葉も茂る

テーーーンツン、テンツンテンツンテンツンテン

繰り返される、浮き立つような調子にいつしか村人も唱和し始め、そのどよめきが

周りの山々にこだましてこの山里の豊年に感謝する祭りは佳境に入る。

故郷そのものは時とともに移り変わりはしても、まぶたの裏のふるさとの原風景が変わることはない。故郷は母なる大地。古里の祭りのさんざめきの中に、優しかった母の声が重なって聞こえてくるのであろう。

やがて日が落ちる頃、境内いっぱいに集まった参詣客たちへの餅投げで祭りは終わりを告げ、祭り広場のさんざめきが名残を惜しむように余韻を残して消えてゆく。

そして家々にはいつになく明るい灯がともされ、久しぶりに実家へ帰ってきた親族が打ちそろった幸せなうたげが、夜が更けるまで続く。

祭りの次は恒例の田楽《でんがく》も五年ぶりで、準備に大わらわであった。

田楽は平安時代に稲の豊作を祝う田遊びから起こり、室町、鎌倉時代に栄えた。

社寺の祭礼等に催され、職業的な田楽法師も生まれて法皇自身が舞った例もある民俗芸能で、時期を同じくする散楽《さんがく》、猿楽《さるがく》は後に狂言、能へと格調を高めて華々しく発展するが、田楽は豊作祈願の年行事として地方の農村の一隅に細々と伝わる。

この村ではこの日だけは、女は全て上げ膳据え膳で田楽見物をする習わしである。女は普段、炊事洗濯、育児、なりわいに近所付き合いと目まぐるしく立ち働き、頬紅一つ付ける間もないので、日頃殿下然と納まっている男衆が罪滅ぼしに思い付いた大変具合がいい催しで、演じるのはうちのお父っちゃんやじい様、息子たちである。今回は五年ぶりでしかも準備期間が短いので、皆、図解、仮名付きの台本片手に自分の稽古に必死で、他人のことをとやかく言う人はない。

今日がその日。未明、亭主のいささか心もとない手つきのお弁当作りを尻目に女衆はこってりとおめかし。その最中にザーッと来た。

「あれまあ、せっかくの田楽見物が台無しじゃん」

と大騒ぎ。

明け方のにわか雨をこの里ではかかあおどしといって、大抵半時もすればやむ。ところが今日はなかなかやまないので所在なく横になっているところへ、物乞いが、

「何かお恵みを・・・」

と、立った。治平は、

「見たところ五体満足。ちゃんと働いて稼ぎン。何ならそこの畑の草を取るとか水くみをしてくれたらその報酬分はくれてやろう。あんた、そのようにもらいっ放しだと恩が積み重なって来生は牛馬の道だぞン。その片棒担ぎはしたくないでのン」

物乞いは何かブツブツ言いながら去った。治平はそれを見届けると、

「ただで何かを得ると運が良かったなどという。得る、刈り取るばかりではいずれ不毛の地となり、逆に悪いものは刈り取らないと取り返しがつかないほどはびこる道理。

楽してもうけると、運、徳を擦り減らす。先ほど、施したら、堕落しかけた人をさらに蹴落とすようなもんだ。施す方もお礼を言われれば、帳消し。

本当に困った人に、気付かれないように、置いて来なければ」

と。子供たちも分かったかどうか怪しいが、春と一緒にコックリした。

ようやく雨が上がって、皆いそいそと出かける。女衆は上げ膳据え膳が目当てで、

舞台は流儀などよりも面白ければいい。

ささらや銅拍子も上手下手ではなく、懸命な所作が面白い。田楽返しを引っ繰り返してしまったり、高足から落ちてしまったりが受けて、女衆の黄色い声援が飛び交いまたドッと沸く。

そこへまるで天女のようなお姫様が現れたので、皆、息をのんだ。こんなことは台本には無い。誰かがひそかに仕組んだのだ。一瞬、舞台上もぼうぜんとなった。

治平は「雪」と言ってしまってから、「弘志」と言い直した。

観衆も弘志と分かって初めて、割れんばかりの喝采に沸いた。

田楽の後先などどこかへいってしまい、一日中大騒ぎをし、腹がよじれて涙が出るほど笑い、笑うと何で涙が出るのといってまた笑い、一日中笑い転げて暮れた。

夕刻、治平の家に朝の物乞いがまた立った。そして、

「話を聞いていただけますか」

と言うので招き入れると、

「私は自分で言うのも何ですが、都では売れっ子の田楽法師でした。ある日、お偉方の座敷であいさつをした際、酒のつぎ方が気にくわぬというのがそもそもの始まりでしたが、ねちねちと演技の注文まで付けられては黙って引き下がれません。こと田楽に関しては当代若手随一などとのぼせておりましたから、酔っ払い風情に何が分かるとたんかを切って、激怒した客が刀を振り回す騒ぎになり、悪いのは全て私ということで、まあ、考えてみればそういうものですが、ふてくされて物乞いのまねをやっておりました。物乞いは三日やったらやめられないと申します。

いつしか本物の物乞いになっていたことに、先のあなたのお言葉で気付きました。自分の本分は何だと考えているところへ、村人たちが、田楽がどうのこうの言いながら行く、その何年も忘れていた懐かしい言葉に釣られて村人の後を追いました。今日の田楽を見せていただいて何が自分に欠けていたか、本当によく分かりました。情熱だけでこれだけの感動が呼び起こせる。自分は心の無い小手先芸だったと。今日のことは生涯忘れません。そのお礼を申し上げたくて参りました。またやり直して今度こそ真の芸を身に付けます。そしてできた暁にはぜひ一度見ていただきたい」

と、朝とは見違えるようにすっきりとしたまなざしで帰って行った。

村の大半の人はその日暮らしで精いっぱいの、黙々と働くだけの毎日に戻った。

それから何年もたったある時、村の古老が、そろそろ田楽の稽古を始めにゃあと言い出したところへ今を時めく超人気の田楽一座が二里先の国分寺に来たと大騒ぎ。

「嘉内周《かないしゅう》」当節、この名は飼い猫でも知っているとか、嘉内周が猫をどうしたとかうわさでもちきりのところへ、一座から使いと言って治平宛てに手紙が届けられた。

「興業三日目は治平さんの村の人に解放します。番台は置きませんから木戸銭は要りません。普段着でぜひ見に来てください」

と、夢のような話。最後に「嘉内周」とある。もう一度引っ繰り返しても治平さんへと書いてある。手紙を持つ治平の手が震えた。

本物の田楽など見たことが無い。ましてこれは正真正銘、当代随一と評判の人である。どういうわけかさっぱり分からないが、こんなことが再び起こることは有り得ないので、明日は手分けして村中を回らねばと、その日、見かけた数人に話をした。

翌朝、まず村外れの一軒家のじいのところへ行くと、開口一番、

「治平サは何を着て行くだ。俺の羽織を貸してやろうか」

と言う。人付き合いを煩わしがって独り住まいのじいが知っているくらいだから、もう回らなくてもよかろうと思い、一緒に行こうと言うとよそ行きの笑顔が返ってきた。

男衆が弁当を作り、女衆は精いっぱいのおめかしをして、明日をも知れない病人以外は皆荷車に乗せて出かけ、村は空っぽになった。

田楽など上の空で、見るは「嘉内周」ただ一人。背はスラリとして端麗な容姿はまるで天子様のよう。田楽には無いが特別にと断って、足を少し開いて腰を幾分沈め、鋭い気合い一発、身をわずかにひねると、キラリと何か光ったものが空を切った。

そしてろうそくが二つに割れてゆらりと倒れ、しばらくして、抜き打ちと気付いた。

終わって三々五々帰る道はその話で持ち切りになり、互いに口角泡を飛ばして講釈し合うが、皆、所作が違う。うっとりしていて実のところはよく見えなかったのだ。

治平はやっと我に返り、立とうとしたところを、かつらを取ったにこやかな法師に呼び止められた。しげしげと見るが、見たことが有るような、無いような・・・。

「お忘れですか。三年前の物乞い」

治平はあッと驚いた。そう言われて見ればそうだ。

「その節は大変ありがとうございました。恩が積み重なると牛馬になる。そのひと言が無かったら手前はあのまま野垂れ死にしていたでしょう。あのひと言で目が覚め、自分が通るべき田楽の道を思い出し、真の芸を極めようと一念発起致しました。

少しばかり受けていい気になっていると芸はさび付いてしまいます。一瞬も怠ることなく芸を磨き、心を掘り下げる努力を重ねて、おかげさまでまた、田楽でおまんまをいただけるようになり、今日はほんのお礼のつもりでお招きしたのですが、いかがでしたでしょうか。乱雑ですが、よろしかったら楽屋へ。改めてお礼も申し上げたいし・・」

人払いした上で聞かされた話は全く思いも寄らない衝撃的な話だった。

「都で、ある日折り目正しい使いが来て、高貴な方がお忍びで見物なさるのでよろしゅうに、という厳かなお達しでした。お忍びでな、と念を押されたので、ひそかに警備は固くしましたが」

そしてわずかな護衛を伴った牛車から貴人が御簾《みす》張りの貴賓席に入られた。法師としては常と変わらぬつもりが思わず演技に力が入り、賓客は御簾を分けてひたとご覧になっておられた。

今日はいささか力が入ったかと楽屋でくつろいでいると、貴賓席からお名指しと聞いて、平伏してご来臨の栄を申し上げると、御簾の奥から玉を転がすような声。

「見事な芸を見せてもらい、感じ入った。迷惑かもしれぬが、ほんのお礼心で拙い笛を吹く。聴いてくりゃるか」

そうして聞かされたのは、この世のものとも思われぬ、まさに天女が吹く楽のような音色、緩急と間、そして迫力に言葉を失いました。

一心に精進して、いささかは神髄に近づいたつもりの自負心が粉砕されたようで、

「未熟さに汗顔お合わせするどころではございません」

と平伏すると、

「わらわにそんなつもりは毛頭ない。そなたの芸を見せてもろうているうちに、この笛が息を欲しがったので吹いたまで。これは至芸に応えてまるで競うかのように笛自身が鳴り響く不思議な笛での。

ところでそなたは物乞いに身をやつして東国を修行して歩いたと聞くが、一体どんなところを回りやたのか」

「その儀だけはそのまま申しては、はなはだ、はばかられますが、恥を忍んで申し上げます。近江、尾張、三河の矢作、穂の・・・」

と言い終わらぬうちに貴人自ら御簾をはね上げたので、供の者が慌てて腰を浮かせた。

貴人が皆を制して、

「三河の穂とな、穂でいかが致した。サッ、はよう申せ・・・」

嘉内周はびっくりしたが、お尋ねにやむなく、貧農の家に寄って、恩が重なると牛馬になるといさめた治平の話をした。法師魂を揺り起こされて帰り、芸を得心がいくまで磨いた上で、今度は穂の国へお礼巡業したいとも言うと、貴人は絶句した。

そして一語、一語かみしめるように話し始めた。

「奇遇も奇遇。天の助けかな。そなたを真の法師と見込んで頼みがある。ぜひとも聞いていただきたい。これは余人には言われぬことでな。その治平殿はわらわの姉が都落ちした際の命の恩人なのじゃ。治平殿はどんなご様子でおられたかな」

と身を乗り出された。

「清貧、天に恥じず、というご様子で、奥様も大変お優しく、そういえば十人・・」

と言いかけて、慌てて口を覆おうとする前に、プッと吹き出してしまった。

「あ、これは大変な粗相をお許しください。仲の良さそうなお子たちの顔が何と十も板戸の間から目を輝かせてのぞいていましたので、つい。お子の中に一際眉の秀でたお方が見えました。それが・・・」

そう言いつつ貴人の顔を見上げる目が真ん丸になり、

「あなた様とそのお顔が重なって見えたものですから。誠に畏れ多いことですが」

と、慌ててカニのように平伏すると、貴人が目頭に手をやった。

「今日はほんに、いいお話を聞かせてもろうて久方ぶりに胸が晴れた思いじゃ。実は折り入って頼みがある。再び穂の国へ行った際、治平殿に一言お伝え願いたい」

と女王様のようなお方が自ら低頭されて身の置きどころもございませんでした。

「文にて万一余人に見られて災いが及んでも。そなたは法師なれば、わらわの申すことをそらんじるのはわけも無かろう。一言一句たがえず治平殿にお伝え、お頼み申す。

その前にこれは尋常ならぬことと断っておく。これは極秘中の極秘。万一これが知れたら国の存立さえ危ういということをまずご承知くだされ。

わらわは雪と双子の妹での。

姉は千両から戻ると苦心惨たんして政変を収拾し、祖父や父、兄に毒を盛った政敵を退けたが、側用人の鯉山がちょっと外出した隙に姉自身が毒を盛られた。それが実は敵の策略だったのじゃ。姉は息絶え絶えの中、最期の力を振り絞って言われた。

『双子の妹をひそかにつづらにでも入れてこの場へ運び込み、わらわとすり替え、わらわは必ず闇に葬るのじゃ。よいな。ただ、この遺髪だけはいつの日か、治平殿の元まで届けてもらいたい。それから、すり替えを覚られぬよう、毒対策のためにも、今後は姫もお上も取り次ぎを通させ、屋敷の者といえども直接は会わせるな。取り次ぎは側用人の鯉山を。後は鯉山が万事のみ込んで・・・。この娘を・・・』

そこでこと切れられた。折しも天が裂け、地を揺るがす雷鳴がとどろき渡った。

鯉山の策でわらわは雪の死霊を演じて憎き敵の首謀者に取り付き、まとわり付いて狂い死にさせた上、雪様がよみがえったように計った。正義を行うためにの。

だが、姉のお遺髪が夜な夜な千両へ帰りたいと言っているようで、その手だても無く、思案に窮していた。後刻用意する故、何とぞよろしゅうお頼み申しますぞ。ところで今、東国が謀反を画策しており、東国へ出向いて身命を賭してでも大戦を避けねばならぬ。その際に、旭斎殿の館かいずれかへ立ち寄り、治平殿や春殿と成長した弘志殿の顔を一目見て冥土への土産にしたい。それも遠くない時期に。恩返しどころか便り一つせず捨てたも同然のお方に、『東風《こち》吹かば』姉に代わって一目見たいなどと言えた義理ではないが、お許しくだされ」

と高貴なお方から二度も三度も低頭されたことを思い出して、嘉内周は身震いした。

そして棚の上の白木の箱をささげ持って差し出した。

治平はあまりの驚きに声も出なかった。突然、亡くなっていたと聞かされても、にわかには信じ難く、受け入れ難い。

雪は元気に国を切り回しているものと思っていた。その輝くばかりに美しい人が変わり果てた姿で箱の中。都になど帰さねばよかったと心底悔いた。

遺髪の箱を奉持した治平の足はまるで石のように重く、雪を助けて以来の悲喜こもごもが治平のまぶたの裏で逆巻き、祭った白木の箱の前で治平は一日中泣き暮らした。しかしいかに嘆き悲しもうが雪はよみがえらない。雪はやっと念願の我が家に帰れて喜んでいると思うことにし、せめて内々で懇ろに祭ろうと自らを叱咤《しった》した。

思えば治平には遺髪の箱を手にした時から、まるで雪が傍らに居るような不思議な感じがしていたのである。お帰り、と心の中で言ってみた。朝夕、雪にしめやかに語りかけるひと時、灯明の火が明るさを増すような気がした。

歳月は過ぎたが世のしきたりに倣い、内々親しく寄り集って在りし日のことなどを語り明かした。そして遺髪の横に霊璽《れいじ》と御霊屋《みたまや》をしつらえ、旭斎が、

「雪の御霊様に慎んで申し上げます。御霊様には、降りかかる国難に独り敢然と立ち向かわれて巨悪を懲らしめたまいしが、よこしまなるはかりごとに遭いたまい、命運差し迫る中をなおも御身を無にしてお国の安寧に尽くされし上、無名の石の下に問う人無く永の風雪に耐え忍ばされしこと、思うだにもったいなく申し訳なく、おわびもお慰めの言葉もありません。

しかはあれど人の息に限りあるは世の習いなれば、いたずらに嘆き悲しむばかりではならずと、心寄せる者打ちそろいてお慰め申し上げますれば、しばし、亡きがらよりこれの御霊屋に移り、お鎮まりたまいて、安らけくお眠りください。そしてこれより後はこの家の守り神として家人たちを親しくお見守りくださいまして、この家に一日も早く生れ出《あい》でたまえ」

と祈りを込めて言上した。そして皆を振り返り、

「肉体は借り物。亡きがらは殼。人情として別れ難くつらいのは当然であるが、死は生まれ変わる準備入りでもあり、悲しみも過ぎては御霊様も戸惑われよう。早く帰って来てと天にもお願いしよう」

と懇ろに諭された。母・雪の遺髪は愛児・弘志が神妙に極楽寺へ抱いて行った。母の遺髪を愛犬シロが眠る松の木の傍らに埋葬し、雪が好きだったという柿と、シロの好物の鶏団子を供えた。その時、こずえがそよぎ、クウーン、ワンワンワンとうれしそうに鳴くシロの声が聞こえた。

日差しが強くなり、極楽寺の母に花を手向けに行く道々汗ばむほどの陽気になった。ある日、三河の国司から弘志に、国府で孫のお守りをしてほしい。学問の時間も設ける故、頼む、といった内容の書状が届いた。

弘志は、何で子守と思ったが子守はほんの口実で、奨学が主だったのである。国司は遥任《ようにん》といって代官を差し向け、自身は都にとどまる人が多く、子どもはなおさら都で学ばせるのが通例だったが、三河の国司は幼少の子息を伴って赴任（受領《ずりょう》という）し、旭斎に託して領内の子どもと一緒に遊び学ばせ、真の実地教育を積ませた。弘志を呼んだのは、そのお返しのような、そうでないような、とにかく、かなり自由なものだった。講師は国司や養父の旭斎も登壇して驚かされ、内容は読み書き、算術、気象天文、建築土木、軍学、医術と多岐に及び、雅楽の稽古もあった。

その日は国府の一室で一人竜笛を吹いていると、職員が足早に入ってきて、

「国分寺で楽人が一人足りないそうで、君なら大丈夫だから行ってくれるかね」

と言われて、急いで駆け付けたが、黒山の参詣人に圧倒された。ちょうどそばにい

た警備の人に訳を話すと、それはそれはと人をかき分けて丁重に控室へ通してくれ、急いで楽服に着替えて式場に入ると、今まさに開始の合図の大太鼓が鳴り、居並ぶ楽人から促されて着座と同時に笙の序奏の「音取《ねとり》」が始まり、篳篥が入る。そうして、ここぞと思うところで竜笛を吹き始め、先輩たちはさすがにうまいと思った瞬間、袖をツイと引かれたのでやめた。

曲名を聞いて一緒に竜笛を吹き始めると、また袖をツイと引かれ、今度から吹かんでくれという。音取や音頭吹き（前奏）は主管（各管の代表）だけで吹くということさえ知らない初心者だと思い知らされて、顔から火が出たかと思った。

儀式は滞りなく終わり、楽人たちは控室で立派なのし袋の載った折り箱を前にして談笑していた。弘志は居たたまれない気持ちで独り部屋の隅に小さくなっていると、

「先ほどは止めて済まんかった。ここの専属の楽人になると兵隊の高官並みの待遇で、成りたい人が耳をそばだてて粗探しして事務所に言い付けるのだよ。それで万一粗相でもあってはと思ってね。悪く思わんでくれ。ところで君、習い始めてどれくら

い」

と聞くので指折り数えて答えると、

「本当かい？　君、六カ月にしちゃあすごくうまいよ。ぜひ、本格的に習ってみてはどうかね。俺は瀬戸の畠中と言う者だが、習いに来るかい？」

と。名人、達人ばかりで吹かせてもらえず、悔しさ恥ずかしさに消え入りたい気持ちで、この生き恥を何としてもそそぎたかった。

国分寺での不名誉を挽回するため、瀬戸の畠中先生のところへ毎月のように通った。早朝に家をたち、日が傾いた頃着く。

夜更けまで吹き、翌日一日吹いて夜道を帰り、家に着く頃には東の空が白む。片道十五里。所々馬に乗ったとしても、驚くべき健脚であった。

その日も道々唱歌を歌いながらの帰路、鬼が出るとうわさの追分で日が落ち、暗がりにその噂の『鬼』が仁王立ちして勝負を強い、弘志は迷うことなく笛で応じた。

「笛で立ち会うという度胸。その音色。初めて人に惚れた。わしは氏素性もしれぬ天涯孤独の浪人だが、貴殿に身命を預ける。是非、家来にしてくれ。扶持など無用」と言って桁外れの豪傑が弘志の付き人の座に居座った。子どものように純朴である。

立志編

出会い

ある時、弘志は尾張の国府の一室に案内されて、驚くべき光景を見た。

着物の肩上げも取れない小さな女の子が、師匠らしい人の吹く笙に合わせて唱歌を歌っていた。和音の笙に合わせて歌うことは簡単ではない。どの曲も譜面を見ずに。そして吹く篳篥がしゃくに障るくらいうまい。さらに持ち替えて吹いた笙も。

弘志はあいさつ抜きで合奏に加わったが、負けてなるものかとついつい熱くなった。一曲終わってあいさつを交わした後、女の子の顔をまじまじと見た。まだ伸びそろわない髪を後ろで無造作に一つ束ね、黒々と輝く瞳、こぼれる白い歯。年の頃は十を幾つも出ていまい。まだお人形さんが似合う、かわいい女の子といった感じである。その女の子が後刻、控室へ追っかけるようにやって来て、

「先生、もう一度、一緒に吹いてくれませんか」

と。それは、もっと確かめもっと競いたいという気持ちが抑え切れないためであろう。

竜笛を風が歌い、叫ぶごとく吹く。篳篥がそれを包むようにまろやかに吹いてくる。それで竜笛と篳篥が代わる代わる吹き継いで聴き合うこともした。

娘は笙に持ち替えると、息を合わせて吹きだし、後ろを張って、次に移る寸前に次の音を入れ、息大胆に、指遣い細やかに吹く。はた耳には存在感が無いようで、実は全体の旋律を包み、先へ促す役割を担う。合わせるでなく、挑むごとく巧みに吹く。

今度は笙と竜笛がしっとりと結ばれる音を堪能し合った。

名手の笙を他の笛で吹くには気の合った笛吹きが六人要り、独りでは全く及ばない。尾張の姫君だとは後で知る。笙が持ち管（得意な管）で、篳篥も吹き、今は箏（琴）

を習っている。雅楽を習い始めてまだ一年そこそこだと。これが天才かと思った。

「お上手ねえ。私、竜笛は鳴らないの」

いかにも悔しいというふうに聞こえる。これで竜笛も吹かれたら自分の立場は無い。小娘の分際で小しゃくなと篳篥も笙もひそかに修得する。竜笛だけは誰にも負けたくない。竜笛と心中するくらいやってやろうと奮い立った。

それから若い二人は折に触れて吹き、語り合うようになって、競争心はさらに燃え上がった。持ち管が竜笛と笙で幸いだった。二人は競走馬でいえば先頭を走らなければ気が済まないたちで、遮二無二励み、やがて比類ない名手として台頭する逸材の運命的な出会いの場となったのである。二人を引き合わせた篠田先生は思惑が当たり、雅楽の虫がまた一人増えたと独りにんまりした。

三河の国司は雅楽こそ心を修める元という信念を持っていたので、この土地にも都に劣らぬ雅楽をと、三人の先生を招き、修得だけでなく、楽器作りも奨励した。

（雅楽は笙、篳篥、竜笛のいずれかを習熟後、他の管、絃、打楽器、舞や歌物を修得するが、楽譜は略号にすぎず、音の安定しない古楽器と変則的な間に対応するために、まず、演奏の基本となる「唱歌《しょうか》」を、膝をたたいて徹底的に歌い、間、旋律を体得した上で奏法に入る）

竜笛の篠田先生は熱血指導で聞こえている。弘志はその迫力ある音に近づこうと渾《こん》身《しん》の力を込めて取り組み、ぼろ雑巾のように疲れているところを呼ばれた。

そこでは国司と三人の先生と尾張の姫が雑談中だった。

「三カ月後に都で講習があるが、そなたもいかがですか」

「ぜひ、行きなさい。この姫も行きますよ」

と勧められ、家に帰るや、茶だ、飯だ、もう寝よと言われなければ何時までも吹く。

こう一日中吹かれては、たとえうまくても頭が痛くなると、家人が頭を抱えた。

都の講習はいずれも我こそはと一家言を持った人たちの集まりで、火花が散った。

鼻から、耳から息が漏れるような気がし、頬や唇の感覚が無くなって、指がけいれんを起こす。音律や指遣いが狂えば張り扇が飛んでくる。少しでも手抜きをすれば、「帰りなはれ！」と容赦なく罵声が飛ぶ。

ちまたではてんぐでもここでは赤子扱いで、皆、目の色を変えて吹く。曲がりなりにも終えた時には、弘志の目はくぼみ、頬はこけて別人のようになった。

いくら吹いてもうまくならないような気がした。そんな弘志を散策に誘った姫が、「先生方のお話を偶然聞いちゃったの。聞いた通りに言って上げましょうか」

といたずらっぽく弘志を見詰め、返事をする前に話し始めた。

「『あの青年は少し不器用なのかな。納得できるまで前に進めないのかな』『要領が悪いというか手を抜くことを知らないからバテるのだよ』ですって。何だか少しもよいところ無いみたいだけれど、ここからよ。よく聞いてね。

『貴殿の若い頃にそっくりだよ』

『いやあ、あのひたむきさは何とも言えんいいねえ。もしかすると、大変な笛吹きになるかもしれん』

『もしか、ではないだろ？　技術はまだ粗削りだが音感がなかなかいい。技術はある程度磨けるが、音感を磨くのは容易ではない。音感を磨く前に終わる人が多いのだよ。

ただ、音感が良いと早のみ込みしがちだが、彼はそれがない。頑固で不器用なくらいがちょうどいい』んだって」

弘志はそんな能力が自分にあるとは思わないので、ひと事のように、

「へえー。それで姫は？」

「姫、姫ってやめてちょうだい。ちゃんと塚野という名前があるのよ」

「おや、聞いたのは初めてだよ」

「あら、ごめんなさい。それで私も音感は悪くないって」

と言ってコロコロと笑った。その塚野が慌てて弘志の袖を引く。

弘志は、「何？」と横の塚野を見たまま、壁のようなものにドンとぶつかった。

それは胸板で、上から金剛力士のような大男の血走った目が四つも光っていた。

「ヨォ、ご大層なあいさつだな。ここんとこがうずくンやけど、どうしてくれるんや」

弘志は、まさかお姫様を置いて逃げるわけにもいかず、弱ったなと思っていると、一人に胸ぐらをつかまれた。

不格好だがその手をかもうと思った時、ビシッと鈍い音がし、男が顔をゆがめて手を引っ込め、横の男が姫にもろ手でつかみ掛かろうとして、腹を抱えてうずくまった。

その隙に二人して逃げる。仲間でもいれば今度こそ、ただでは済まないから。

路地を回って追って来ないのをのぞき見た姫は、さやごと使った懐剣を懐にしまって涼しい顔をしている。巨漢の荒くれと渡り合い、あれほど走ったのに息も切れず、ニッと笑って無邪気そのものだ。助けられた。何とも大変なお姫様なのである。

弘志は負けじと打ち込んだ。偉大な父、旭斎に応えるためにも自分には笛しか無い。

「よし、俺は笛で天楽を目指そう」

三河の国府に戻った弘志は書類の虫干しや整理を手伝い、国司の子息のお守りは名ばかりで、一緒に学び、遊び、面白いいたずらを仕組んで叱られていれば一日暮れ、若は弘志の言うことは目を輝かせて聞いていたので気楽なものだった。

暇さえあれば笛を吹き、講習、社寺の楽人の補充要員として所構わず出かけた。

書庫の廊下で春の日差しとそよ風に舞い散る花吹雪を浴びながら、ひねもすろうろうと竜笛を吹く好青年には男どもですら目を奪われた。

しかし、当の弘志は竜笛を楽しむどころか、頭に描く師匠の音にどう近づこうかと遮二無二吹いていていたのである。

国司がお呼び、という側近の後を追いながら、呼び付けられるほどのいたずらをしたか考えてみたが、思い当たらない。お偉方が居並ぶその上座から国司が笑顔で手招きしている。叱られるのではなさそうだと思いつつ、進み出て平伏すると、

「楽にしなさい。そなたが精進してくれてわしも大変鼻が高い。せっかくだからお花見演奏会でもしようかと思うが、どうかね」

何と答えようかと迷っていると、側近が「やらせてもらいなさい」とささやく。

「手前のような若輩者で務まりますならば、末席に加えていただきたい」

と申し上げると、国司は夢を見るように言った。

「この桜も良いが、来月、勅使が鎌倉へ行く道中、近くの丸山公苑で昼食を取る。その場で都人の度肝を抜いてやろう。ショウブの緑に色とりどりの舞い姿が映える中、楽の音がさえ渡る・・・。そなたの笛を楽しみにしているぞ」

それで急きょ、楽師を招いて、また猛稽古が始まった。

（演目の舞楽、陪臚《ばいろ》は右方（高麗楽《こまがく》）の舞なのに高麗楽には使わない笙と、高麗笛でなく竜笛を使い、篳篥、三ノ鼓《さんのつづみ》、太鼓、鉦鼓《しょうこ》で伴奏する。

右方は朝鮮半島から伝来した高麗楽。舞いは女性的で、拍子で舞い、青系統の装束で、観客席の方から見て右から入場し、左方は大陸から伝来した唐楽《とうがく》。舞いは男性的で、旋律に合わせて舞い、装束は赤系統で、観客席から見て左側から入場する。陪臚は赤系の装束で曲調も楽器編成も鞨鼓ならば左方で、鞨鼓を三ノ鼓にして右方に編入したように思う。左方、右方、つがい（一組）で舞う習わしのため調整したか）

弘志は舞楽を吹くのは初めてで、しかも都人を迎えて千人は超えようという観衆の大舞台の主管（竜笛の代表）だと聞かされて言葉を失った。

自分は何の実績も無い青二才。国中を見渡せば名人達人は綺羅《きら》星のごとくいる。そこをあえて名指しされた。大変な光栄ではあるが、粗相をすれば恥をかくのは自分だけではないと気付き、武者震いが止まらなかった。

舞台は反響するものが何もない野外。どれだけ吹こうが吹き過ぎということは無い。

一息つく間もなく必死の猛稽古が続いた。

その日、晴れ渡った空に吹き流しや錦の御旗が翻り、今まさに満開の色鮮やかなシヨウブに陽光があふれんばかりに降り注ぐ中、塚野姫の笙がみやびやかな序奏「調子」を吹き始め、二番手、三番手の追い吹きが七重八重の光のあやを成してきらびやかな舞い人が登場する。篳篥が地から湧き立つように続き、追って弘志の竜笛が吹きだす。

弘志は極度の緊張で口が渇き、膝が笑っていたが、吹くうちに我に返った。当曲の陪臚の音頭（前奏）を、何とぞ我に精いっぱい吹かせたまえと念じつつ、腹いっぱい吸い込んで、全てはその一瞬で決まるとまで言われる独奏に挑んだ。竜鳴さながらの音がほとばしり出、周りの立ち木を震わすごとく圧して、国司の顔が少しほころんだように見えた。

しめた、上々の滑り出しだと思い、後は舞に溶け込むように一心に吹き込む。ゆったりとした舞は次第に激しさを加え、四人の舞い人が抜刀した瞬間、凍り付くような緊張が走った。刀を構え、かざすだけの形式的な舞が何と殺気立って、あたかも太刀を切り結び、火花を散らすがごとく、舞いそのものに魂が入ったと思った。刀を収め、矛と盾を持つ四人がそろい踏みで去って一瞬の静寂の後、万雷の拍手が

鳴りやまず、体中がしびれたような快感に浸って動けないでいる弘志と塚野に、

「よくぞやった。よく、ここまで精進してくれた」

と、篠田先生がもろ手を差し伸べ、目に光るものを見せながら喜んでくれた。

「三河殿、あの勅使の驚いた顔を見たか。こんな片田舎に都顔負けの楽が有るとな。少なくとも迫力では負けておらぬぞ。それにしてもあの若者は実に良く吹きますな」

「そういう尾張殿こそ、姫の笙は素晴らしいですな。それに今日は一段とお美しい」

「そのことよ。勝ち気で小太刀やなぎなたを振り回し、取り巻きがおだてるものだからますます調子付いて。これでは嫁のもらい手に気をもむと、わしの笙を貸したら飛び付いて、篳篥も貸せだと。筝も始めた。それが昨近は鏡とにらめっこ。こうして改めて見ると、まるでめおとびなのようじゃな」

「似合いだとは思うが、百姓のせがれでは・・・」

と三河の国司が口を濁すと、

「当人たちさえ良ければ構わぬよ。百姓は国の宝じゃ。戦や政争に身命を縮める思いをすることも無くて、娘の平穏を思えば結構なことじゃ」

「さようか。それで安心した。

実は、あれは行き倒れの姫を助けた若い百姓との間に生まれた子で、姫は泣く泣く都へ連れ戻され、残された父子は貴殿もご存じの旭斎殿に保護されて、今は養子じゃ。あの若者の管を見よ。わしが見た限りでは、先の帝が三管作って好きなのを孫娘に取らせたという伝説化した名管と酷似しておる。

今、幼少の天子様の後見をしておられる雪姫様は隠れた竜笛の名手だとささやかかれておる」

尾張の殿様が唾《つば》をのみ込んだ。

別れ

弘志をまだ青いと言う人もいたが、勢いというものは恐ろしい。

何事も目いっぱい励まないと力は伸びない。弘志は少々の失敗は意に介せず高みを目指した。本物に挑戦すること。さらに、人に教えて、教えられる。

弘志の評判が上がり、あちこちから先生の代役を頼まれ、あるいは名指しで講師を頼まれる機会が多くなったが、弘志は何事も修行だと思って、可能な限り受けた。

そうはいっても竜笛だけならばともかく、笙は調律、篳篥は舌の調整をしてやらないとまともな音が出ず稽古にならない。それを全部一人で同時にやるのは無理である。

そこへ尾張の塚野姫が篳篥の三草《みくさ》氏と気鋭の若手、杜谷《もりや》氏を伴って応援に来てくれて、大助かりだった。

なじみの人たちが集まると稽古が終わってからも雅楽談議に花を咲かせる。そして誰からとなく管を取り出して吹き合う。

笙、篳篥、竜笛が一つに溶け合うと身も心も溶け合ったように感じ、時の過ぎるのも忘れて吹いた。

今度は弘志が笙を、塚野と杜谷が篳篥、三草が竜笛を吹く。

夜も更けて、誰ということなく管を置くと、三草が置いた竜笛がゴロンゴロンと転がった。

弘志が思わず、「その笛・・・」と言いかけると、三草が、

「この笛がどうかしたか？　森殿が懇意な仙石で求めた。いい笛だろ」

「今、ゴロンゴロンと転がった。笛吹きの命とも言うべき笛がいびつでは。ある時、差し出された笛を吟味もせず持ち帰った。使いか。その時、私は奥におったのだ」

弘志はそんなことに気を取られて大変なことを見落としていた。

塚野姫が注ぐお茶の急須と茶わんがチチチと鳴った。

それから弘志の前で粗相して茶わんを引っ繰り返し、慌てふためいて拭くところに涙がこぼれてまたぬれ、辞すあいさつがにこやかに「またいずれ」ではなく、「ご活躍を」と消え入るようだった。

全部、目の前にしていながら気付かず、それから一月もしないうちに塚野姫が遠い西国の厳島へ嫁に行ったと聞いてハッとした。

あれは講習の手伝いなんかじゃなかった。（お嫁に行ってしまうけど、いい？）と言いに来て、言うに言えなかったのだ。

大切なものを失って初めて、死ぬほど好きだったことに気付いた。何というう かつ。西国の殿様は雅楽に目が無くて楽人の養成に躍起になっていたが、しびれを切らして名手を集めにかかった。弘志は丁重に辞したが、その後尾張に行ったものとみえる。尾張の殿様は、できることならかわいい娘を好きな男にやりたいと、講習の手伝いにかこつけて弘志のところへやったが、石の地蔵さんだったというわけである。

二人は永年、共に研鑽《けんさん》に励み、誰が見てもお似合い同士と思われながら、お互い、顔を見れば、管を持ち出した。もし、管を持たずに会うことがあったなら、運命は変わっていたかもしれない。

飛翔編

千人演奏会

　ある日、都から帰った三河の国司が開口一番、

「弘志殿、大勢で吹くのは良いものだのォ。二百人ほどでの試みだったが、いやあ、素晴らしいものじゃった。上手も下手も無い。皆で心を合わせて吹く音は大河のように一つになって新しい音が生まれ、そこに楽園が広がる。これぞ天楽と思った。どうじゃ、千人でやろうではないか。ついでに志ある者を募って、都に劣らぬ楽団もつくりたい。そなた、骨折ってくれぬか」

　ある日、都から帰った三河の国司は開口一番、そう言った。途方も無いことを言われる。弘志はおのれ一身のことならば万難を排しても引き受けるが、尾張、三河一円に名人達人は綺羅星のごとく居る。

「私のような若輩者では・・・」

と尻込みすると、国司は、

「そなたがやらなくて、誰がやる」

と、腹の底から絞り出すように言われ、断り切れず、頭を下げた。しかし、どうやって・・・。もう受けてしまった。仕方がない。西村に相談しよう。あの好漢ならば骨惜しみせずに手伝ってくれようと思った。

国司が、

「千人集めるのが大変なことは分かっておる。今、米の飛躍的な増産を図るため、市田の赤塚山の麓に巨大な堰堤《えんてい》を築いて湖を造り、原野を開拓する計画がある。領民の賦役でやるが、手当は出すので多くの人が集まろう。それを誘えばよい。雅楽の手当もなにがしかは考えよう。ただ、これは重大な国の機密で家人たりとも一切口外ならぬが、実は軍事とりでを兼ねておる」

と言う。米の増産が国力を増す。国の浮沈を懸けた大事業であった。

お触れが回されて大勢で工事が始められ、そこで勧めてみたが、相手にされず、こんな時に塚野がいてくれたらとつい愚痴が出た。結局は畠中先生や西村と知己を回って諸先輩方の協力を取り付け、義理頼みで身内や親しい人を猫もしゃくしもかき集め、細々と始めた。ところが習う人は実にさまざまで、教える方にも根気と熱意が要った。

篳篥は変音楽器で、歌が外れる人には無理で、舌（リード）をおのおの息の力に合わせて削り調整しないと音が出ない。人の声のように自在で柔らかな音が生命。

竜笛は息、風の音が生命であるが、どう工夫しても鳴らない人がいる。

篳篥も竜笛もすぐ曲の練習に入れるが、笙は基礎動作をのみ込んでから曲に入る。

篳篥、竜笛が妙《たえ》なる旋律を奏でる間は静かに吹き、旋律の後半を張って、他管が息を継ぐ間も切れ目なく音を出すため、瞬時に気替え（吹くから吸う、その逆）する。

六本の合竹《あいだけ》（和音）の一番低い音が主音で篳篥の主旋律の要所を先導するように進む手移りは、原則は高い音から順に離し、同時に押さえるが、例外があり、しかも気替え、息を張る、手移りの動作を別々にやらなければならない。

楽器の性能上、音が一直線になるはずが息の強弱と細やかな手移りで揺らぎを出す。前に回り、後ろをはやして、いじましいほど気遣う割に映えない黒子役の楽器で、自分の和音を聞き分けることさえ努力が必要で、分かりにくいから難しい。

一年かけて、まだまだながら、尾張の殿に途中経過の報告に伺候した。

「どうじゃ、ここらで一度、聴かせてくれぬか。舞台で吹くとなれば励みにもなろうし。そうだ、思い付きじゃが楽装束を作ってやろう。何、大したものではないが・・」

とうれしい言葉をいただき、三河の殿も国司も賛同して盛大な発表会になった。出演した人は都の楽士気分を味わい、観衆は感嘆の声を上げた。志願者が一気に増えて楽器不足に直面したが、試行錯誤して困難を極めた楽器作りが、必要な楽器調達を助けたばかりでなく、上達の手助けにもなった。

習う人が急増すると、先に習った人を助手にしてしのいだ。それがまた良かった。先輩には先輩としての意地があり、後輩には身近な目標になって相乗効果を醸した。

時期尚早と思いながらも、本番の想定をしてみた。

千人が集まると音も広がって微妙な時間差が生れ、聴いて合わせると間がどんどん延びてしまうので、雅楽には指揮者は無い建前ながら小高い中心に指揮者を置こう。黙っていれば知己同士で固まってしまうので、音の均衡を取るため、管別に放射状に並べ、要所にしっかりした人を置かなければ。音が散らないようにおわんのような地形が望ましい。後背に大きな壁、山があるといいが。当日の天気は・・・。

あれこれ思案段取りを重ねて千人演奏会の日は来た。

場所は若き弘志の初舞台となった、生涯忘れることのできない丸山公苑。丸い池と山がある。別名、城山公園。

熱血指導で弘志を育ててくれた篠田先生も寸暇を割いて駆け付けて来てくださった。都にも無い大演奏というので相当遠方から来てくれた人もいて、黒山の人だかりとなった観衆が大きく取り巻く中、楽士の指揮で越殿楽の八百余人の大合奏が始まった。

一人一人はまだおぼつかない人もいるだろうに、懸命に吹き、巧拙を超えて一つになった音は大河となって身も心もひとのみにし、目くるめくるつぼへと巻き込んだ。

その衝撃。感動も八百倍だったのである。

笙の館

千人演奏会が終わって間もなく巨大な堰堤が完成し、その中央に雅楽器の笙を思わせる優雅な建物がそびえ立った。

堤の水門が閉じられ、梅雨の長雨で満々と水をたたえた湖ができ、水面に色鮮やかな建物が映えて、素晴らしい景観を呈した。

そこへ千人演奏会でなじみになった人たちが思い思いに集まって吹き合う憩いの場ができ、その姿から「笙の館」と呼ばれた。

そんなある日、田楽の嘉内周の一座がまた国分尼寺で興業を張って、静かな国府の里にはやしの音がのどかに響き、治平も春も弘志の案内で楽屋見舞いに行った。

座長に丁重に迎えられ、貴賓室へ通された。いささか緊張の面持ちで座すと、上段

の御簾が上げられ、そこに貴婦人が端座していた。鈴を転がすような一声、

「治平殿であらっしゃるか。そこもとは弘志殿で、・・・何とご立派に成長されて。そのお隣は春殿かえ。言葉に尽くせぬお世話をおかけしたそうで、ほんにありがとう、ありがとう。姉、雪も草葉の陰でさぞかし喜んでおられよう。

私は妹の雪。子細はお聞き及びのことと思うが、私にすり替わったことは永久の秘。ところでそなたたちの話をこなたの座長から聞いて居ても立ってもおれず、心利いた側近と共に一座に加えてもろて、まいりましたのじゃ。

この世の見納めに一目お会いしたかったで。これでおざなりながらも姉に代わっておわびできたで、この身がいつ朽ちようと、思い残すことはない」

と。雪が寝待ちの月のかなたに去ってかれこれ二十年。目の前の姫様は妹の雪であるが、威厳を備えた姿でおうように見渡した。

「東の国の不穏な動きに未然に手を打つにしくはないと、急きょ、都を出て参り、尾張殿の城に逗留しておった。えりすぐりの護衛五十人の半分に先を行かせておいて

付かず離れず続く一座の中に私は入れてもらい、後の半分は一座の後ろを見え隠れに追わせてのんびりと旅をしてまいった。

都に幼い帝のみではいささか物騒なので、年格好の似たいとこを置いてな。皆、旭斎殿と鯉山殿の計らいでの。共に普段は昼あんどんのようでいて、ほんに切れ者だわ」

二十年前の寝待ちの月の迎えは旭斎の息子だった。似ているはずだ。当の旭斎が、「これからはそれがしが簡単にお話し申す。隣国にひそかな動きあり、備えをせねばば。

弘志に姫の扮装《ふんそう》をさせて輿《こし》に乗せ、五十人が囲んで笙の館に入る。姫はここに残って三河殿と穂殿の選んだ腕利きにひそかに警護してもらう。桁外れの豪傑の連也が『わしは戦の方がいい』とごねそうだが、姫様から一言、頼みますぞよとでもおっしゃっていただけば、鼻歌混じりで務めよう。

とりでの方は一通り応戦した後は雅楽三昧。心行くまで吹き、舞っておいでなされ。

あのとりではいささか心もとなさそうで、三千、五千の兵ではびくともせぬぞ。尾張の援軍千騎もくつわを鎮めてのろしを待っておる。中継万端、半時で届くわ」

と大見えを切った。

その間にも甲斐の騎馬軍団が三河に至る山間の道をはやてのごとく迫りつつあった。

秋の月が、筮の館の上で独り竜笛を吹く美しい女を浮かび上がらせ、いつの間にか騎馬の大軍が忍び寄って陣を敷いて、虫の音がやんだ。

月の光が照らす輝くばかりに美しい女の、この世のものとも思えない妙音に吸い寄せられるように近づいた、鹿角のかぶとに緋縅《ひおどし》のよろいの武将が耳を傾けた刹那《せつな》、物陰から鋭い弦の音と共に風を切り裂いた矢が走って、武将は慌ただしく後方へ運ばれ、布陣も後退した。

加えて、月が傾くと高みのとりで全体が逆光で影となって、まるで黒い魔物が覆いかぶさるごとく立ちふさがり、逆に寄せ手の五千余の軍勢は月光に全容をあらわに抱き締められた格好になって身動きできず、夜襲は中止された。

とりでの忍者口から救援を求める急使が忍び出、裏山からはのろしが上げられた。

双方満を持して夜明けに決戦に突入。騎馬隊が一斉に急な堰堤を駆け登る。そこへ目つぶしや喉を焦がす火矢を射込み、破裂する。馬がいななないてさお立ちすれば大石が転がされる。間近まで迫った者には熱湯をかけ、弘志の短弓の速射も威力を発揮して、大軍と互角以上に渡り合った。

しかし、守るはわずか五十と知ってかさにかかって攻めてくる。そこでまた新兵器を繰り出す。一度に数十本発射される火矢、手筒花火のような火鉄砲や大筒。急きょ、いかだを組んで湖上から迫れば油筒を仕込んだ火矢で火だるまにする、で一日目は侵攻側が苦戦を強いられた。しかしとりで側は交代が無く、侵攻側は五百人ずつ五波の攻撃をしても、残りの五波は手ぐすねを引いて待機しており、二日目に入ると侵攻側の勢いが増して疲れが出始めたとりで側は次第に押され始めた。援軍はまだか焦ってくる。

そのうちに侵攻側が歓声を上げ、一人の男をはりつけにしてとりでの前にさらした。

援軍を頼みに行った男である。とりで側は色を失った。

「援軍は来ないと言えば助けてやる。来ると言えば即座に串刺しだ」

と数本のやりを突き付けられて、はりつけにされた男はがっくりと首を垂れた。とりで側は追い詰められているから、うそで来ないと言われても士気に与える影響は甚大である。援軍は来るのか来ないのか、両軍が固唾をのんで凝視する。

「援軍が来るぞ」

と叫んだ男は即座にめった突きにされ、その絶叫は双方の怒号にかき消された。

男を血祭りに上げた数千の兵の士気はいやが応にも高まり、総攻撃の兵士が堰堤を怒涛《どとう》のごとく乗り越え、たけり狂って五十人を攻め立てて瞬く間に一室に閉じ込めた。

堅牢《けんろう》に造られた部屋ではあったが、侵攻側は閉じ込めたと思った。

何と、とりで側はそこで舞楽の演奏を始めたのである。

大太鼓《だだいこ》、大篳篥、大笙と、とてつもなく大きな音が出る楽器を使っていることに侵攻側が気付いたとしても、そこで何が起こるかは考えもしなかっただろう。

侵攻側は援軍がすぐ来るとは思わず、死に体も同然の相手をゆっくりひねりつぶして楽しもうという気になったところで弘志の「陵王乱序」(陵王の序の部分)に入る。颪を切り裂く竜の鳴き声そのものの吹き出しに続いて雷鳴のような大太鼓が建物をビリビリと震わせ、竜の面をかぶった陵王が登場して舞い始め、再び弘志の音頭(代表の前奏)で陵王曲が始まり、全員合奏に入るや、胸を押しつぶすような大篳篥、天井を揺るがすような大笙のうなり、そこに耳をろうする大太鼓のごう音が加わってとりで全体が大きく振動し始め、陵王が所狭しと舞い狂った。

そして曲半ばで加え太鼓が乱打された刹那、落雷のような大音響と激震が起こり、大爆発。水門が破れ、満々とたたえた湖水が怒涛の津波となって五千の人馬をひとのみにして大逆転が起こった。

そして笙の形をした建物がゆっくりと傾いて部屋ごと船に早変わりしたその中で、楽人たちは普段と何も変わらず演奏し、舞い続けた。笙の館は水門を爆破する仕掛けを組み込んだ巨大なからくり船だった。

その曲止めの余韻が消える頃、援軍が到着。溺れた兵士たちを救護し始めたので、敵は恐れ入って神妙に撤退した。

旭斎がつぶやいた。

「大自然が万劫《まんごう》かけて創り育んできた、人同士が殺し合って何になる」

戦の後片付けを尻目に国分尼寺にくつろいだところで、雪姫が、

「そうじゃ。せっかくの折ゆえ、一曲二曲名残にいかが。和《なごみ》を呼べ。笙を吹かせよう。

弘志殿は竜笛。供の中に篳篥をよく吹く者がおる。わらわは拙い琵琶を弾こう」

そうして、四人だけで心楽しい演奏の一時を過ごした。

娘の吹く笙が、名手というわけではないが、弘志の胸に快く響いた。

雪が思い出したように、

「弘志殿、この笙をもろうてくれぬか」

「私ごときに下さるとあらば、喜んで頂戴致します」

と弘志が応じると、娘が首筋まで赤くなって三つ指を突いた。

雪はそれを横目に、

「持って回った話じゃが、これは私の長兄の親友の子で和と申す。その親友が戦場で長兄を弓矢からかばって斃《たお》れた。長兄は親友を抱いて帰ってその妻にわび、親友の本国、小牧の大殿を拝み倒して子共々もらい受けた。ところが長兄もはかりごとに遭って不慮の死。その悲しみも癒えぬうち、母親も流行病《はやりやまい》で亡くなった。

姉、雪は弘志殿と裂かれた後だったので即座に遺子を引き取り、はた目にもほほ笑ましく慈しんでいたが、姉もはかりごとに遭う。姉は息絶え絶えの中、秘かに葬ってわらわとすり替わるよう厳命し、この子の行く末をわらわに託して、こと切れた。

ほんに、この子は五人の親の死ぬに死ねん思いを受けて育った薄幸の子じゃが、案ずるに及ばず明るい娘に育ちよった。この子をもろうてくれぬか。

かわいくてかわいくて余人にやる気などさらさら無いが、そなたらは乳兄弟。どうか添い遂げてもらいたい。おまけのようじゃが、姉妹のようにして育ったこれの付き人も一緒でどうじゃ。連也殿もまだ独り身であろうから、話が合えばなおうれしいが」

突然の話に弘志は驚いた。この娘を好ましいとは思っていたが、まさか猫の子ではあるまいにといぶかる様子を見た雪姫が、

「あのな、先ほど、和に、あの青年はどうじゃと尋ねたら、顔を真っ赤に染めて、よろしゅうお頼み申しますと申したぞえ」

善は急げと国分寺に席が整えられ、二組の杯事がめでたく執り行われた。

雪姫は、

「ここの人たちはほんに人情厚く純朴で、良いのう。和は家事や近所付き合いができて、斎宮のように、かしずかれてはおれぬが、それが楽しみの種なのじゃ。息災にな」

そして帰路は千人の騎馬隊を従えて、雪も供も田楽一座と共にたち、また元のひなびた田舎が戻ってきた。

新妻は細身の体に似合わず子福で、みどりごを抱くおなかはもう大きいが、じっとしておれないたちらしく、重い物も軽々と持ち運び、休みなく働く。

弘志は感心しながら、到来物の茶の香りを楽しんでいるところへ、信濃の上原氏という人から書状が届いた。

「突然で痛み入るが、雅楽の手ほどきをしてほしい」と書いてある。

見も知らぬ人から何でと思って読み進むうち、尾張の若殿の就任お披露目の場で、祝い楽を奏し終わるや否や、感激のあまり飛ぶようにして握手を求めに来て面食らわされた殿様だった。

場所は上原氏の出城で、篳篥の三草氏もと書いてあるので、尾張回りの中仙道で松本まで行き、さらに山路を幾つも上り下りして片道八日九日。都合一カ月に及ぶ。

いくら何でもと返事を出しかねていると、追って、尾張の殿様からも書信。

信義に厚い親戚で、馬も宿も用意させるのでぜひ行ってやってくれとある。尾張の殿から頼まれては断るわけにはいかない。それに、言ってみれば官費の旅行である。

尾張から中仙道を、三草と背中に秋の日を浴びながら馬で行く。赤トンボが後を追ってくる中、雅楽談議を交わしながらの四日間の大名旅行だった。南木曽も鼻歌交じりで馬を進め、帰路に遭遇する奇怪な事件など知る由もない。講習は一週間。竜笛と篳篥は二人で務め、笙は地元の竹沢氏が手伝ってくれた。皆、熱心だったので思ったよりもはかどった。実際、皆、良く吹けた。ただ、仲間だけでやっていると陥りやすい細部の癖は示唆した。

そういう感想を上原氏も期待していたようで、小鼻をうごめかしながら満面の笑みで、紅葉をめでる舟遊びはいかがと熱心に勧めた。

馬の脚ですぐに湖畔にたどり着く。

澄み切った秋の空に一万尺級の山々が覆いかぶさるように屹立《きつりつ》して、連山の峰は真っ白に雪化粧してい、その麓は今、まさに紅葉の真っ盛りである。

木崎湖の鏡のような湖面にその紅葉が鮮やかに映る中を、櫓《ろ》の音も軽やかに進み、櫓を休めると波の弧が緩やかに広がってゆくさまが何とも美しい。

息をのむ美しさの中、弘志が平調《ひょうじょう》「越殿楽《えてんらく》」の第一節を竜笛でトーラーロと吹いて、さあ次を吹こうとした寸前にトーラーロとこだまが帰ってきたのである。

最初は戸惑ったが、余韻を引いた素晴らしい音だったので、およその間を保って吹いた。笙、篳篥が追って入る。

そこへこだまの竜笛が加わって追い吹き（輪唱のよう）になる。それはまるで深山幽谷そのものが奏でてくれているようで、素晴らしい音のもてなしに思えた。

ところが日が山に隠れた瞬間、辺りは陰画のような幽玄な世界に一変した。

地元の竹沢氏は、この辺りの水深は百尺とも二百尺とも言った。

笛は同じように吹いているのであるが、四囲の連山が黒々と覆いかぶさってきて、青黒い深淵《しんえん》の底へ何もかものみ込まれてしまうような畏怖心を覚えて、笛を置いた。

聞けば古来、竜が棲むという。干ばつにいよいよ生死極まって竜に雨乞いをしたところ、恵みの雨が降って九死に一生を得た。悪いことをすると怒った竜が湖に逆巻きの大渦を起こして村ごとひとのみにするという言い伝えがあると。

先ほどの音の深みは、笛の音で眠りから覚めた竜が鳴いたのではないかと思うと、感激を通り越して鳥肌が立ち、心を残しながらも岸へと急いだ。

山の端に十三夜の月が出ると、墨絵の世界に湖畔の紅葉のみが色鮮やかに浮かび上がって、湖面に逆さに映し、例えようも無い絶景をつくり出した。

わずかな間に三つの世界を目の当たりにし、自然の素晴らしさ、人知など到底及ばない深淵。そして、その底奥深くには冒し難い霊気が漂っていて、忘れ難い思い出の一つとなった。

わけても竜笛の音だけがなぜ、こだまとなって帰って来たのか。

あの、湖面全体を揺るがすような響きは、やはり湖底の竜が目覚めて雄たけびで応えたものに相違ないという思いが、後々日増しに強くなるのであった。

講習が修了すると上原氏は待っていたように土地の自慢を挙げ、珍味を取り寄せ、古刹へ温泉へとあまりにも熱心に勧めるので弘志はかえって恐縮したほどだった。

そして三草と帰路に立った時、役目を無事果たしたと、ようやくほっとした。

帰路も三草と馬のくつわを並べて木曽街道で南木曽まで戻ったところで左三州という道標を見て、弘志は父・旭斎の十年祭の日取りが近づいていることを思い出した。このまま往路を戻り、餞別《せんべつ》をいただいた小牧の殿、尾張の殿にあいさつしてから帰ると、年祭の段取りが疎漏になる恐れがある。

幸い、同行の三草氏は如才なく、よんどころない急用にてご無礼つかまつるが、いずれ改めてごあいさつに伺う旨、二人の殿様への言づてを託して三州路へと向かった。

昼神温泉の怪夢

亡霊の里

急用とは言ったが、明日、あさってのことではない。

先を急いで人家の無いところで日が落ち、鬼が出るか蛇が出るか気をもむくらいなら、少々早かろうが、明るいうちに宿を取ろうと思いつつ馬を進めた。

山々の峰がのし掛かってくるような深い渓谷に何軒かの温泉宿が軒を連ね、そこかしこから湯気が立ち上っているところに差し掛かった。

ああ、これが昼神温泉かと見渡した。

思い出したのは温泉そのものではなく、こつぜんと消えたウツボカズラの里の話である。

ウツボカズラは熱帯性で、葉の先の袋に芳香で虫を誘い込んで食べてしまう食虫植物をいう。

山中深くに女の里があって、男を誘い込むと惑溺させて帰さないと。一度ふ抜けにされてみたいものだと顔を緩めて語った男の表情を見て、弘志は我が顔も緩みはしなかったかと思わず両手で覆ったことを思い出した。

その折も折、襟元際立った女が苔石亭《こけいし》という老舗宿の前の、呼び込みとも通行人とも判じかねる微妙な場所に立って、何とも言いようのない良いしぐさで会釈をした。

誘われるままにその宿に入ると、凝った造りを感じさせない落ち着いた雰囲気で、浴衣姿の人たちが縁先で三々五々お茶を飲んでいた。お茶と手作りの菓子をささげ持って来た女も愛らしかったが、店先で見た女とは別人であった。銭袋をまさぐっていると、

「泊まっていかれるかね」

と聞くので、まだ日は高かったが、店先の女の笑顔が脳裏に引っ掛かって優柔不断のまま、足が勧められるままに小座敷へ上り込んだ。

せせらぎの音が来る小窓を開けると谷川が見下ろせた。岸や低木の林の中には山百合の花が圧倒されるほど咲き乱れていた。

その華麗さと宿先の妖艶なまでの女が、ウツボカズラの里の伝説と昼神温泉という名前から受けた先入観に加えて、この谷間の温泉宿の印象を一層神秘的にしたようである。

講習で先生先生と奉られて知らず知らず肩に力が入っていたと見えて、ぬるめのお湯にゆったりと漬かって足を伸ばすと身も心も軽くなり、熱めの上がり湯も気持ち良

かった。間もなく出てきた夕食も白米のご飯にナメコのみそ汁、イワナの刺し身と塩焼き、タラの芽の揚げ物、ヤマブキの煮物、タニシのあえ物に漬物と土地のものながら、旬が香るなかなかの膳である。そこへまた追っかけて、

「ちょうど、イノシシの肉が入りましたので・・・」

と焼きたてにミョウガのお吸い物を添えて持ってきた。イノシシと聞いて、さぞかしこわい肉かと思えば、若いイノシシか、とろりとした甘みをショウガじょうゆが引き立てた。

ふと勘定が頭をよぎったが、幸い預かり金は十分過ぎるほどある。尾張の殿様の十分な配慮の上、さらに奥方が「殿に恥をかかせないで」と重ねてくれたのだった。

一口なめて真っ赤になるたちで、ちょこ一杯の酒をゆっくりと楽しんだ。

酔えば横になればいい。世話を焼かれないのも気楽でいい。

床の間の山水を横に見、なかなかのものだと思ったが、手にしたのは床の間に置かれた一冊の本である。

かなり読まれたとみえて古びてはいたが、十分読めた。そして読み進むうちに気持が本の中へ吸い込まれていった。そこには例のウツボカズラの里の一部始終が書かれていた。

どこまで読み進んだか、下戸が飲んだちょこ一杯の酒はことのほか効いて、いつしか寝込んだようである。

「もうし、」

と呼ばれた方を見ると昼間、宿の前に立った不思議な女が手招きしている。心の臓を揺さぶられるような気がして起きようとするが、体が動かない。

「もしッ！」

という強い声に驚いて起き上がると、何と、まだ寝たままの自分がそこにいた。

あれ、何だ、これは・・。魂が出てしまった。死とは案外こんなあんばいか。幽霊とはこんなものかとも思った。しかし、大変なことになってしまったと思っていると、

「ご懸念には及びません。後でお戻しして差し上げますから」

と、まるで心の中を見透かしたように言う。それで、鳥肌が立つような思いをしつつ我が寝顔を振り返り振り返り、女の案内のままに付いて行った。

小窓から見下ろしたその小渓を飛び石伝いに渡り、低木をかき分け、うっそうとした森の中のかなり急な獣道を幾つも登り下りした。一体どこまで連れて行かれるのかと不安が抑え切れなくなった頃、急に視界が開けた。

目の前に現れたお堀のように大掛かりな環壕《かんごう》を滑り降り、垂らされた綱を手繰ってよじ登ると、中には大小数十軒の住居があった。弥生式集落といった感じである。

案内に付いて行く道々で女とすれ違う中に突如、鬼の面をかぶった異形の集団が立ちふさがってギョッとした。具足を付け、なぎなたや弓矢を携えており、そろって礼をしたので、ホッとしてよく見れば鬼百合の面だった。警備兵であろうか。

他の通りがかりの女たちも一様に小袖、たっつけばかま、手甲、脚半のいでたちに俊敏な動作で視線が強い。全員が訓練された戦闘要員か。気押されそうな思いで引かれるように付いていくと、小高いところに建つ一際大きな家に招じ入れられた。

部屋はこの山中にしては意外に広く、整った調度類が品良く並べられてあった。

そして、案内の女が、老女と、花ならば今開きつつある山百合の花といった風情の娘を伴って部屋に入り、弘志に引き合わせた。

老女ながらほのかな色気に威も備え、どうやらこの人が邑長《ゆうちょう》で、案内者はそばに仕える人のようであった。その老女が口を開いた。

「ご無理を申してあい済まぬ。私がこの邑長です。とくとこの里をご照覧頂いて、何なりとお尋ねくだされ。こちらからお尋ねしたいこともありますゆえ」

と言われて、弘志は率直に尋ねた。

「この里はなぜ女だけなのですか」

すると老女は、

「いや、男は大切に家の奥で暮らさせている。外には出さないしきたりでの」

弘志は臆面も無く聞いた。

「女が例外なく美しいのはなぜですか」

老女は笑っていて、仕え人が答え、問答は延々と続いた。

「血が濃くなると何かと不都合が生じますゆえ、新しい人を選んで連れてきます」

「手前も選ばれたのですか」

「そうです」

「選ばれた者が仮に同意しなかったら、どうなのですか」

「ご同意を頂けるまでお願いし続けます」

「それではいったんこの里に足を踏み入れたら出られないということですね」

「そういうことです」

「いや、それは困る。私には妻子がある。自らに課した志操、理念の実現という、私にとっては軽からぬ務めもある」

「あなた様はこの姫様の思いを酌んで特別にお越し願ったので、もし、どうしてもお嫌ということでしたら、あなた様に限ってお帰しします。ただし、このことは家人といえども一切口外しないとお約束頂きます」

「お姫様は私をご存じのようですが、私は姫様を存じません。なぜですか」

「私たちは亡霊で、普通は空気のように見えません。いざとなれば人に取り付いて思いを遂げますが、優れた霊能者ならば感じることはできるでしょう。あなた様は今私たちと同じ霊だから見えるのです。といっても生き霊ですが。

私たちは過去のある一点で時間が止まったままなのです。

ここから話は本題に入るのですが。

私たちは海の向こうの王国から戦禍に翻弄されて命からがら小舟で逃げ出し、運の良い者だけがこの国に漂着しました。言葉が分からず、頼る人も無く、肩身が狭い大変難儀な暮らしに耐えていたところ、この姫の母親がいわれもない罪をかぶせられた上、衆目の前で陵辱されて虫けらのようにくびり殺されたのです。

我慢も限界を越え、私たちは示し合わせて夜陰に逃げ出し、深山幽谷のここを切り開いて隠れ家として復讐《ふくしゅう》の暮らしを始めました。

ですからこの里を見た人は帰すわけにはまいりません。外へ出るのは専ら女です」

「それって、かどわかしじゃありませんか」

「でも丁重におもてなししています。私たちは犬猫以下の扱いを受けてきたのです」

「いや、それでも悪いものは悪い。現に、虐待された家からでもなさそうだし・・」

「あなた様も客人の身で随分遠慮のない口を利かれますね。ま、お姫様の思い人ですから、そのお口をふさぐわけにもいきませんが、まず、最後まで話をお聞きください。


ある時、殿様の双子の弟の方がかわいくてたまらず、養育先の家臣の元からひそかに連れてまいりました。それが竜笛の名手で、姫はその子と恋のとりこになりました。ところが世継ぎが流行病で亡くなってしまい、弟を捜して取り戻すよう厳命が下されて、この里が見付けられてしまいました。大軍に包囲されて勝ち目は無く、窮余の一策として奥方と交換条件で収拾を図ったのですが、子を得た大軍は山ごと焼き打ちの暴挙に出、奥方も力ずくで取り返されてしまいました。深い仲を裂かれた子は兵卒を装って私たちを救出すべく火煙の中に飛び込み、亡くなったことが分かりました。

そして焼き打ちにされたこの里は単なる山火事で片付けられてしまいました。あえなく果てた多くの亡霊がいつしか怨念の塊となってこの場所に集まり、断じて許し難い暴挙に天誅《てんちゅう》を下すべく、怨霊と化して時が止まったままなのです。

何百年も復讐に明け暮れるある日、まるでその恋人が生まれ帰って来たようなあなた様を見て、姫は驚喜しました。お姿や笛の名手の点はもちろん、困った時のしぐさまで同じ。それからはあなた様の追っかけを始めました。ですからあなた様が都のさるお方のお血筋で、お連れ合いやお子がおありなことも委細存じております。

ただ、姫は恋に狂って恋人とあなた様の区別が付かず、さりとて、お好きな故にあなた様がお嫌なことはできなくて苦しんでいるのです」

いつの間にか部屋に入れるはずもない何百人もの人の目ばかりが弘志を凝視していてゾッとしたが、辛うじて平静を装うと、

「何とまあかわいそうな。しかし、今のままではあなたたちは永久に浮かばれません」

「それは浮かばれたいに決まっています。しかしこんな理不尽は断じて許せません。それを忘れよとおっしゃるのですか。納得のいくように説明してください」

「あなたたちの心情を思うと到底言葉になりません」

「構いませんから言ってください。さあ。言えませんか。では当ててみましょうか。いかに怨念を燃やそうと絶対に元には戻らず、なってきたことは覆らないから、裁きは天に任せて、幽界から再生することを目指しなさい、ですと？ 虫けら同然に焼かれた無念も、無差別に焼き打ちしたやからの大罪も自然の成り行きとでもいうのですか。それに裏を返せば私たちも天の裁きを受けたというふうに取れる。私たちがいつどこでそんな大罪を犯したというのですか、言い掛かりも甚だしい。あなたこそ日和見で人情がかけらほどもない冷酷な人ではありませんか。八つ裂きにしても収まらない」

と、何百の怨霊が今、まさにつかみ掛かろうと憤怒の形相で詰め寄った。

弘志は心の中まで見透かされたようで返事に窮した。しかしここでひるんでは何にもならない。人を思いやる心を残している亡霊たちの頑迷さが哀れで、腹立たしく、

「何とか救われてもらいたいから言うのです」

と、つい声を荒らげた。思いがけない強い反論に、えっという顔をした亡霊たちへ、

「あなたたちが憎いからでなく救われるため、言うに忍びないこともあえて申します。

人間は心だけが自分のもので、この体も連れ合いも子どもも財産も全て心ばえに応じて貸し与えられたものです。

死は古い体を返すことで、時が来ればまた新しい体を借りて縁ある家に生を受け、恩の報じ合いをする。心の塊、魂は生き通し。あなたたちは魂だけの状態なので話が早い。貸す立場になってみてください。借り物を喜んで大切に使い、返す時も十分なお礼をすれば次はもっと良いものを貸したくなるでしょう。

ところがあなたたちは今、天をも恨んでいるので、次の生命、体という着物が借り

られない理屈はお分かりになると思いますが、理屈は理屈として憤懣やる方無いでしょう。要は、怨念をどう解くかです。

万物は天地日月等の奇跡の調和の連続によって創られた自然の懐の中で生まれ、おてんと様の不偏の恵みによって等しく生かされている。おてんと様は母親です。

善人も悪人も皆、おてんと様のかわいい我が子。兄弟同士の際限の無い争いは、おてんと様が悲しまれるだけです。互いに正当性を主張し合うだけではもつれた糸を引っ張り合うようなもので絶対にほぐれず、共倒れ。人が人を支配し隷属させて秩序を保つのも駄目。天は我が子たちが等しくむつみ合って暮らすことを待ち望んでいます。

人の親が危ない所へ行こうとする我が子にげんこつを振ってでも連れ戻すのは我が子かわいさ故で、子どもにげんこつを振るう親はもっとつらいでしょう。

嫌なことほど、天の愛情がてんこ盛りで、分からなくとも頑張れば、人の親でも、そっと手助けしてくれるでしょう。なるほどと思う日が必ずやって来ます。

私は雅楽でこの世を楽園にと夢見て励んでいます。あなたたちも夢を持ちましょう」

亡霊たちは積年の恨みを全て否定され、何と恨み骨髄の敵の助かりも願えと言われて絶句。狂おしく敷物や柱をバリバリかきむしり、泣きうめいた。老女は思案に沈み、

「それは理屈です。でも皆に際限無く心の闇をさまよわせて内心じくじたる思いで、もう疲れ果てました。それしか方法が無いならば万やむ無く、皆改悛《かいしゅん》すべく諭します。あなた様が身の危険も顧みずにお説きくださったことに偽りは無いと信じ、お話に命運を賭けます、としおらしいことを言いながら実は一つ、甚だ厚かましいお願いがあるのですが。孫姫はあなた様が恋人に見え、焦がれ狂ってふびんでなりません。一度でいいですから助けると思って、この姫の思いを遂げさせてやっていただけませんか。決してご迷惑はおかけしませんから」

と言い終わらないうちに姫が弘志の胸に奮い付いてきてかわす間も無かった。

事ここに至ってはやむを得ずと抱き留めたうなじは熱かった。それほどまでに恋い

焦がれていてくれたのかとそぞろ哀れを催し、ふと、連れて帰ろうかと思いかけて、身震いした。

その姫が小鳥のさえずりのように話す言葉は分かりにくかったが、こちらの話は理解し、さらに恐ろしいことに心の中まで読み取るのである。

姫は言葉にならない吐息を何度もついて身もだえした。

星の瞬きが聞こえるような静かな長い夜、諦めが付いたか、気の迷いから覚めたか、小さくもよく通る声で、

「いとしい人は生前折々に笛を聴かせてくれ、それがいつしかあなた様に重なってしまって追い掛け回し、ご迷惑をおかけして済みませんでした。でも本当に幸せでした。

彼は私たちを助けようと猛火の中へ飛び込み、あなた様も復讐に燃える怨霊たちを救おうと敢然と立ち向かわれた、くしくも同じ笛の名手。やはり同じお人でした。

でも、唯一違いは、あなた様にとっては通りすがりでおぞましいだけの私たちを見

捨てておけず、何の得も無いことに捨て身で掛かられた。

それは紛れも無い誠、真実。驚きで、まさに神を見る思いがしました。

名手が吹く笛の音は魂を洗うと聞きます。自分ではどうしようもなく荒ぶる魂を鎮めていただきたく、助けると思ってあなた様の笛の音をいま一度、心行くまでお聴かせいただけませんか。いつかこの世に生まれ変われましたら必ずご恩返し致します」

と、はっきりと聞き取れた。

鶏声に気が付くと老女も姫も山里もかき消えて、宿の部屋に寝ている自分の傍らに自分が立っていた。さあ、どうしよう、困ったなと思っていると、何をするということも無く自分の中に入っていた。

心の臓は高鳴っていい、姫のうなじの熱い感触がまだ残る胸に手をやった。想像に絶する一夜が脳裏を駆け巡って、味も分からぬままに朝食を終えると、竜笛一管のみ携えて宿を出た。約束の主は復讐に凝り固まって宿怨の地を何百年もさまよい続けた怨霊たちでいささか気が重いが、外ならぬ笛のこと、果たさなければ己の一分が立たぬ。

夢かうつつか定かでない昨夜の記憶を手繰りつつ環壕の内に入ると、建物も人っ子一人おらず、季節外れの鬼百合が辺り一面朱色に狂い咲いていた。

その根元に黒光りする笛が見付かった。まさか姫の恋人の笛ではなかろうが、昨夜問答を闘わせた辺りでおもむろに構え、透明感の中に華麗な彩りをちりばめる「盤渉《ばんしき》調《ちょう》調子《ちょうし》」「青海波《せいがいは》」「海青楽《かいせいらく》」「白柱《はくちゅう》」「穌莫者破《そまくしゃは》」を、風よ起きよ、竜よ来いと一心に吹き続けるうちに不思議なことが起こった。

野ざらしだった笛が、まるで、名手と二人で吹いているごとく高鳴るのであった。

そしておびただしく咲き乱れた鬼百合が笛に合わせて揺れ始めた。その揺れは次第にまとまった大きなうねりとなり、やがて風が起こってこずえを騒がせ、もやのようなものが渦巻いた。その渦の中には、キリンよりもいかつい顔に長いひげをしならせ、鹿をはるかにしのぐ威容の角をりんりんと突っ立て、らんらんと竜が見下ろしていた。

その長い懐には何百もの鬼百合、否、目を凝らして見れば人、を丸抱えしていた。

老女が手を振った。あ、隣の姫がほほ笑んだ、と思った瞬間、竜は雷鳴のごとき雄たけびをとどろかせ、連山を揺るがしてはるか雲上のかなたへと消えて行った。

弘志は帰宅後、父の十年祭を滞りなく勤め終えて一番居心地のいい書斎に独りくつろぐうち、怨霊との刃渡りの押し問答を思い出して冷や汗し、見慣れた庭先に目を遊ばせてようやくホッとした折も折、突然、鬼百合の姫が窓際にほほ笑んで大きく迫り、慌てた。

一瞬、連れて帰ろうかと迷ったところを覚られたかと恐る恐る見直すと、前からあった鬼百合で、胸をなで下ろし、あれは夢だったのだと自分に言い聞かせた。

天楽の夢

ある日、篠田先生のお具合が悪いと風の便りに聞いた。

弘志は篠田先生の熱血指導と実子にも勝る愛情によって笛吹きの仲間入りを果たし

その、空気を切り裂くような独特の響きを目標にさせたのである。

見舞うと先生は大変喜ばれ、話が若い頃に戻ると、あの厳格だった先生が子どものように笑い、涙もろく、これが老いというものかと弘志の胸に迫った。先生が、

「笛を吹いてくれ」

「今日は持ち合わせておりませんが・・・」

「笛ならそこにある」

と床の間を指差された、「鹿月《かげつ》」というその笛は先生がある時、友人と奈良公園で月を客として吹き楽しんでいたところ、つがいの鹿が縁先まで寄って来て月を仰いで一声鳴いたという名管である。その重厚な管を手に、渾身《こんしん》の力を込めて吹いた。

その愛管は人には絶対に持たせなかったが、弘志にはしばしば吹かせた。

先生は何度もうなずかれ、幾筋もの涙が枕をぬらした。

手塩にかけたまな弟子の成長を喜ばれたか、我が身の悲哀をかこったたか。

あまり長居してもやつれた体に障ろうと辞を述べると、先生は両手を離さなかった。

「また近いうちに参りますから・・・」

と、懇ろに辞した、その後を追い掛けるように、お出直しの報に接したのである。

続いて増山、三崎の両先生がまるで後を追うようにお出直し。

この三先生は若輩の弘志を吹き仲間として同等に扱ってくれ、技能のみか、気宇をも大きくさせてくれたのである。

言いようのない寂しさを紛らすために、都に独り宿を取ると、笛に没頭し続けた。

その音を聴き付けて若い人たちが寄ってきた。鈴川、沢井、東野等の各氏で、月に一度は夜が白むまで吹くことが習慣のようになった。自称「三等楽人」と悦に入り、三年も吹きまくって、やがて彼らはひのき舞台の主奏者に抜擢《ばってき》され、さらに立場改まって殿上人に大出世された。

晩秋のある日、小柄で貧相な男が庭先に立った。笛を手にしている。

弘志は、これがうわさに聞く平良《たいら》だと直感した。希代の竜笛の名手と言われながら、愛妻を都の騒乱で失うと酒が過ぎて家をのんでしまい、楽師の職も追われて篤志家を渡り歩いている、と。亡き母、雪に教えてくれた人でもある。

いわば腐ってもタイ。抱えるようにして招き入れ、腹しのぎに所望の酒を出した。

大ぶりの杯になみなみ三杯を一息に飲んだ後はちびちびと杯を傾けながら、茫洋《ぼうよう》と外を見ている。視線の先は、恐らく、言い尽くせない悲惨な来し方であろう。

決めた三合の酒が切れると出かけ、どこで飲んで来るのか、酩酊《めいてい》して帰って来る。

希代の名人というが、弘志はまだ聞いたことが無い。で、ある時、肩を貸しながら、

「私にも一度教えていただけませんか」

すると肩を振りほどいて壁に寄り掛かりながら奥に消え、しばらくして聞こえてきたのは、酩酊など微塵《みじん》も感じさせない、技、神に入るというすさまじい笛の音だった。

ところが、それは落日前の一輝きだったと後で気付く。最期は記すに忍びない。

陽春楽

夫婦仲むつまじく日々務める三十年の歳月は瞬く間に過ぎ去った。弘志の鬢《びん》にも白

いものが混じり、通り一遍のご用は弟子たちがやってくれるようになった。そして我が子の篳篥がなかなか良く、孫が笛に興味を示すことが何よりもうれしい。風の便りによれば厳島の塚野姫のところは子どもが既に第一線に躍り出たらしい。昔からいつも先を越されてばかりと独り苦笑するものの、頑張れよと祈りもする。今頃塚野姫もおばあさんになっただろうが、彼の胸の奥の姫は年を取らない。

深窓育ちの女房は弘志のそんな感慨をいぶかるふうも無くおっとりとしている。まるで猫の子がもらわれるごとく即断で嫁いだ和は当初、草深い田舎の夏はカエルの合唱、冬は木枯しの音に心細げであったが、九人もの我が子を裾翻して追い掛けているうちにいつの間にか少々の地震や雷くらいでは動じないようになってきた。女は強い。

人生六十年。我が人生も先が見えたかと感慨にふけっていたある日、お城から若殿の使いと称して書状が届けられた。

「来春、先の大君の二十年祭の記念行事として雅楽の新曲募集があり、我が国の名誉にかけて応募してほしい」

とある。大殿もそれを楽しみにしておられるとの口上に、返事を持たせた後で悔いた。

考えてみれば、永年やってきたのは古曲の修得で、作曲など考えたことも無い。しかし、いまさらできませんなどと言うのもしゃくだった。

何を学んできたか。迷ったら元を訪ねる外ない。

笙は光と見えない力で大地を温めて水と大気を創り生命を育んで、篳篥が生命の永遠を祈り吹き、竜（竜笛）が天地の間を所狭しと謳歌《おうか》する。鞨鼓、太鼓、鉦鼓が時と日を刻んで琵琶、箏（琴）が躍動を表す。天地空、火水風の壮大な叙事詩。

平安時代の涼金《りょうきん》という僧が「管絃音儀《かんげんおんぎ》」という書の冒頭で、「それ管絃は万物の祖なり。天地を絲竹《しちく》の間にこまめ・・・」と言っている。

朝夕につつがなきを感謝して心気を整えるうち、自然の中から一つ、また一つ心に響く音が聞こえてくるような気がしてきた。

それは身近な軒下の雨だれの音であり、小川のせせらぎや鳥、虫の声などで、夜半の夢の中に浮かんだ旋律を急いで書き留めることもあった。

そうしてある日、突然、切れ切れの旋律がつながったような気がし、時がたつのも忘れて一気に書き上げた。

頭の中で三管並べて思い描く。二、三直して良しとした。一カ所直せば全部直すことになり、切りがない。期限に間に合い、役目は果たしたと思うと、忘れ去った。

それが、ある日、優秀作品の候補に上がっているので、曲名と絃も打ち譜も出されたいと。弘志は驚いた。しかし、主旋律ができていれば絃、打ち物はおのずと定まる。曲名など大げさなと思ったが、名は体を表すというので粗略にもできまいと考えた末、春の陽気を思い描いていたので「陽春楽」とした。

選ばれたという知らせが来たわけでもないのに、おめでとうと言ってくる気の早い人がいる。さまざまな人からおめでとうと言ってきても返事のしようがなく、いささか戸惑っているところに舞い込んだ一通の書状。

筆の水茎も流麗な情感あふれる文字が息づいている。それは三十年この方忘れようにも忘れられず、胸の奥深く秘していた人からである。

ひもとくのももどかしく広げ、一字一句に目を凝らして読み始めると、その人が突如身ぶり手ぶりを交えて表情豊かに話し始めた。

「ご無沙汰しております。このたびの入選を心からお喜び申し上げます。私事ながら、父みまかり、夫を野辺に送り、息子はおかげさまで篳篥吹きの端くれになってくれて、肩の荷が下りたような気がします。

聞けば来月、都で作曲の表彰がおありとか。私も足腰がまめなうちに一度尾張の墓参を兼ねて参ろうと思っております。三十年ぶりにお目文字がかなうと思うと胸がはやり、あと幾日と、日々、指折っては一日千秋の思いで過ごしております。塚野」

最後は字がかすんで見えなくなり、とうに冷めたはずの胸が熱くなった。

菊香漂うひな壇に綺羅星のごとく居並ぶお偉方の惜しみない拍手に迎えられ、

「第一回雅楽作曲募集、最優秀作品、陽春楽、作曲、森弘志殿」

と読み上げられ、一瞬、習い始めてこの方のさまざまな出来事が回り灯籠のようによぎり、今日まで支えてくれ、苦楽を共にしてきた人たちのおかげに外ならないと感謝しつつ、押し頂いた。そして古曲「三臺塩急《さんだいえんきゅう》」に次いで平調「陽春楽」を記念演奏してくれるという。司会者が、どう吹くかと聞くので、

「実はまだ吹いたことはないのですが、こんなふうに・・・」

と唱歌を歌うと、楽士の演奏で由緒ある曲に続いて「陽春楽」が披露され、ようやく実感が湧き、全身に感激が走って、我ながらでかしたものだと思う一方で、手塩にかけた子どもを旅立たせるような不思議な気持ちになった。

そこへ老いた雪姫がにじり寄って来て、

「おめでとう。こんなに立派になって・・・」

ひそかに母に成り代わった妹の雪姫であるが、悲しいほど小さくなり、胸が痛んだ。

「お久しゅう。お変わりありませんか」

「足腰が弱くなっての。それはまあ年じゃから仕方がないが、二言目には国の母な

ど言われていささか肩が凝る。それに人を腫れ物のように扱う」

「そんなことはございませぬぞ」

「おお、鯉山か。そなただけじゃ。わらわを構ってくれるのは。ところで治平殿はお達者か。春様は、和は。何、子を九人もなして巴御前も顔負けの奮闘ぶりじゃと？　にわかには信じ難い。うれしい。皆、息災かえ。姉は治平殿といろりの煙にむせながら一つ鍋の雑炊をすすり合い、月明かりに蚊を打ち払いながら糸紡ぎをして夜を明かしたそうじゃな。わらわも千両へ連れてって」

と、雪が子どものように駄々をこね、鯉山は満面の笑顔を振りまきつつ夜着を片手に、

「はいはい、そのうちに折を見て行きましょうな。弘志殿には長旅のお疲れもありましょうからこよいはこのくらいにして、ひい様もお部屋へ戻りましょうかな」

と、雪と鯉山が子ども同士手を取り合うようにして奥へ去った。

弘志は優しい義母、春と純朴な父・治平、偉大な養親・旭斎、梅によって伸び伸び

と育てられ、自分には笛しか無いと思い定めて打ち込んだ。

好きでやったこととはいえ、楽々の道ではない。それが報われたと思った。

絶えて久しい人とこの喜びを早く分かち合いたいと年がいも無く胸が躍る。

宿のおかみがこちらですと手で示した戸を、神妙に開けた。

目が合った一瞬、あッ、違うと思った。

人情も風土も知れぬ遠い厳島の地に嫁ぎ、耐えて孤軍奮闘すること三十年。今や西国一円に威を示す棟梁《とうりょう》の奥を束ねる女丈夫が嫣然《えんぜん》とほほ笑んでいた。

さながら咲き初めたつぼみのボタンが、幾分盛りを過ぎたとはいえ今なお辺りを圧する大輪の花に化けたような、その豊かな黒髪が匂う近くに相寄り、昔の面ざしを認めて取り合った手が三十年の隔たりを一挙に引き寄せた。

「お久しぶり。随分白くなられて」

「まぶしいばかりの奥方になって見違えたよ」

とお互いに率直な感想を交わし合った。

「私、これでも染めてないのよ」

と塚野が艶のある髪に手をやり、

「このたびは本当におめでとう。何ていうか自分も誇らしいような気がするの」

「ありがとう。僕も、皆の代表で頂いたと思っているんだ。

ところで君は何でそんな遠いところへ嫁《い》っちゃったんだい」

と、弘志は三十年来胸に秘めてきた一言を口にした。

「さあ、なぜ、私たちは一緒になれなかったのでしょうかねえ」

と塚野が遠いところを仰ぎ見るようにして大きなため息をついた。そしてふと思い出したように、キッと改まると、

「今頃何をおっしゃいますの。三十年前、講習が夜更けに及んだ時、せめて今夜は泊まっていけとか、そこまで送ろうとか、その一言さえあればこんなことにはならなかったのに。言ってくださらなきゃ分からないじゃないの。暗く足元も心もとない帰路、私はかけらほども思われていなかったかと絶望感にたたきのめされたわ」

と憤懣やる方無く息巻いた。しかしいまさらどうなるものでもないと首を振り、

「あれは講習の手伝いのつもりじゃなかった。嫁入り話がどんどん進んでいく中でふさいでいる私を見かねて、父が私を追い立てるように出すので行ったのに、何よ！」

と白い手が伸びてきた。女にそこまで言わせてと恨めしそうににらまれて身動きできず、弘志はキリキリと痛んだ辺りに手をやるしか無かった。

「いや、もちろん、君と一緒になりたいと思っていた。しかし、まだ微禄で世帯を持つ自信がなかったんだよ。君だって嫁くなら嫁くと一言くらい言ってくれていたら・・」

といささかたじろいで言い訳する弘志に、

「少女の私がそれを言うのにどれだけの勇気が要ったか分かっているの？　しかも、万一あ、そう、だけだったら、私首をくくったわよ。当代若手随一と言われていて、あとは何が欲しかったの。私は鉄砲玉のようにただいちずに好いてくれたらちゃぶ台、茶わん一つで、あなたと寄り添って暮らすことに胸をときめかせていたのよ。尾張の

太守の娘が。

何にも頼るものが無い西の果てに追いやられ、唯一、雅楽だけが心の居場所。若い者全部、そう、亭主も容赦なくしごいたわ。都から楽師を大勢呼び、宝物級の装束や楽器を買わせて惜しげも無く使わせた。全部聞いてくれたの。それでこれならと思う人も育った。永年大事にしてもらっていれば情も湧いて、今は感謝しているわ。」

「君に先を越されて、子どもでもまた・・・」

「あなたの負けず嫌いも昔とちっとも変わっていないわね。

おかげさまで良き師、好敵手に恵まれ、多くの人と目に見えないきずなで結ばれて、お互い音頭《おんど》（各管の代表）でなければ気が済まず、遮二無二励んだからあなたの栄誉があり、私も自分で言うのも何だけど、国では雅楽の祖なんていわれて内心まんざらでもなく、ただ感謝。共々、これからが青春くらいの気持ちでまた頑張りましょうね。

来年の春あたり、都合が付いたらいらして。歓待するわ。書くことは大好きだから、また、せっせと手紙を書くから、短くてもその都度ご返事をちょうだいね」

と、一気に言うと積年の胸のつかえが下りたか、塚野に満面の笑みが戻った。

しかし弘志の方は逆に、塚野をまぶしく見た途端に熱くなり、何も言えなかった。

話が途切れると、決まっていたように塚野は笙を出し、弘志は竜笛を出した。

唐での原曲名は「相府蓮《そうふれん》」。

泥田の泥にまみれることなく清く美しく咲くハスは神聖な花とされた。

汚れ切った世を救って善政を敷いた時の宰相の故事を曲になぞらえたといわれ、日本で改編されて「想夫恋」の名が付けられた（今は廃絶曲）。

言葉は時に不用意に飛び出し、あるいは舌足らずで悔いを残すが、笛が命と吹く二人の音はあやなして、言葉に勝るものが互いの胸を行き来した。

折しも軒端からのぞいた遅い月が遠慮がちに柔らかな光を投げかけて、時は容赦なく過ぎて行く。初めて出会った時から始まった、いまさら戻ることなど有り得ない青春のひとこまひとこまが、二人の胸の中を回り灯籠のように駆け抜けていく。

そして胸の中の、その熱い思いを全て管に吹き込み尽くすと、現実に引き戻された。

三十幾年ぶりの再会はかなったが、時、既に初老。

青春に時は戻らず、二人の運命の糸はあやなすこと無く終わる。

結ばれる、ただその一点を除けば二人は紛れもない成功者で、今、竜笛と笙で結ばれて佳境にある。塚野の頬を光るものが幾筋も流れ落ち、弘志の心がぬれた。

感激も悲哀も悔恨も全て吹き込むうちにもやは次第に晴れて、透徹した世界が現れ、そこには飛天たちが奏でる玄妙にして壮大な天楽と、紛れもない楽園が広がる。

二人は諸人むつみ合う地上の楽園を夢みて、切磋琢磨《せっさたくま》してきた。

しかし、それ故に、互いに死ぬほど好き合い、結ばれることを誰一人疑わなかった二人は会えば笛を持ち出した。それが証拠に、二人は三十年ぶりの再会の佳境にもかかわらず、手を取り合ったのもそこそこに再び管を手にした。

言葉を交わせば心が波立つ。

目指してきた、はるか雲上の天楽の頂上を仰ぎながら、残されたわずかな時も惜しんで思いの全てを管に吹き込んだ。

何百里離れて再び相まみえる日は来るのか。別れを惜しみ、夜を徹して吹いて、やがて東の山の端が白んでなお、やめ難い。

弘志が急用で早立ち。

そのわらじのひもを結ぼうとする塚野の手に涙のしずく。

お互い、これが今生の別れかもしれないのに、なすこと無く立ちすくむ塚野。

思いを残して重い足を叱り励まし、振り返り振り返り行く弘志の後を、軒端にそこはかとなく残った淡い月が追う。

有明の月を残して発《た》つ宿や
天楽の夢　いつ遂げるらむ

催馬楽「桜人」

「陽春楽」受賞と三十年ぶりの塚野との再会の感動に水を差すように、郷里から可及的速やかに帰られたしと飛脚便があり、弘志は心を残しながら未明に宿をたった。

大津辺りまで来て、早馬のひづめの音が迫ってきたので道の脇に寄ると、引き馬を連れた、見覚えのある武士が、

「お急ぎでござろうから、この馬を家まで遠慮なくお使いくだされ。長旅故、尾張の城で時の許す限り中休みしていかれよ。粗餐《そさん》も申し付けてあるゆえ。吉田塚野はこの折に墓参をと申すので、身と共に一、二日遅れくらいで帰れよう。吉田の殿もご同道される由。お伝え方、殿のお言い付けでござる」

と、引き馬のくつわを取って差し出す手綱を、弘志は心温まる思いで受け取った。

宮の渡しで下船すると、遠く天白川、山崎川の豊かな水が流れ込み、舟が行き交い鶴も舞う静かな入り江が見渡せた。潮が引けば人馬が往来し、人や鳥が魚介をあさる広大な年魚市潟《あゆちがた》が現れた。その年魚市は愛知の語源といわれ、対岸の井戸田地区には平安末期に太政大臣で雅楽の大家、妙音院藤原師長が平清盛との政争に敗れて罪も無いまま配流され、一年余の間、都をしのんではつれづれに琵琶を弾じ、歌を詠じ、

人々をして身の毛もよだつほど感嘆せしめ、熱田の明神では社殿まで感動に震わせたと、さまざまな伝説や地名を残す。

尾張の城に着くと、わらじを解く前に三草が飛んで来て、

「このたびは誠におめでとうござった。まずはゆるりと旅の汗をお流しくだされ」

湯から上がって座に着くと、どこから手を付けようかと迷うほどの山海の珍味が盛られていて、このたびの受賞が殿にもよほどうれしかったものと思われる。その殿は篳篥の隠れも無い名手であるが、三草も相当なもので、酒はお相伴の三草が杯を重ねた。

弘志は乾杯の一口で十分なのである。

杜谷氏が触れ回って瞬く間に雅楽好きが集まり、飲みながら、思い思いの曲名を挙げては吹く。そのうちに催馬楽「桜人」という声が上がった。

催馬楽「桜人」は王朝文化華やかなりし頃、今の笠寺かいわいから、米を馬の背に載せて都へ納めに行く道中で景気付けに歌われた俗歌を貴族が雅楽に乗せて歌ったも

ので、最盛期にはそのような土地所の歌六十余曲を源、藤家の二流派が競演したが、乱世で衰退し、江戸時代に再興された数曲が伝承されてきた。

「桜人」の沿革については改めて学ぶとして、昭和三十年代に復元され、名古屋市の無形文化財に指定された、名古屋にちなむ唯一の雅楽曲である。歌詞は、

一、さくらひと　そのふねちぢめ　しまつだを　とまちつくれる　みてかえりこんや　そよや　あすかえりこんや　そよや

二、ことをこそ　あすとはいはめ　おちかたに　つまさせななれ　あすもさねこじや　そよや　しぁすもさねこじや　そよや

概意は、

一、桜の主が、桜のお人、と通りかかった舟を呼び寄せ、島田の十町の田を見て来るよ。そう。明日帰ってくるよ。そう、と妻に言う。

二、妻が、言葉でこそ明日帰るなどと言っているけれど、どこやらに若い女の人でもいて、明日など帰れまい。あさってても帰れないでしょう、ねえ、と言う。

雅楽は歌物でも感情を入れないが、当地のこの曲だけは別で、殿様の声が心持ちくぐもると、すかさず奥方が、

「殿にも心当たりがあるでしょ」

と斜めに見るので、皆、いつもおかしさをこらえて吹き歌う。

その殿様が今日は居ないので何の気遣いも要らず、奥方も加わって大いに盛り上がり、筆者も負けじと力んだところで、長い夢から覚めた。

あとがき　物語のあらまし

小学校卒業時に笙の手ほどきを受け、「三年してやっと音楽らしくなった」と言われたほど、鈍かった不肖の弟子が、雅楽の師、森下先生の回顧録と古里の伝説を拝借し、蟷螂《とうろう》の斧《おの》を振って描いた雅楽出世太閤記。

応仁の乱で都は荒廃し、多くの人が地方へ逃れて雅楽は絶滅の危機にひんする。都落ちの姫を祭った伝説の石碑は愛知県豊川市千両町の上千両神社の境内で、今、こけ

むすが、物語は行き倒れの姫を若者が助けて一児が生まれ、姫は乱世を治めるために連れ戻されて荒都に露と消える。ひそかにすり替わった妹姫が遺髪を旅の田楽法師に夫の元へと託す。

一児は竜笛を習い、補充で行った国分寺（実際は愛知縣護國神社）で恥をかき、笙吹きの少女に触発され、発奮して共に名手になるが、恋と気付いた時には他人の花。「千人演奏会」「陽春楽」は天理教祖百年祭時の実話。作曲表彰の場で二人は三十年ぶりの再会を果たすが、またもや石の地蔵さん。思いを残したまま、有明の月を後に旅立つ笛吹き。実在の二人の笙の名手を一人にして、秘めた恋を彩りに添えた。

巻末の催馬楽「桜人」は木に竹を接いだ観があるが、名古屋市指定無形文化財で、愛知、名古屋にちなむ唯一の雅楽曲であり、保存会の一端を担う上からあえて添えた。

「笙の館」は信玄の野田城攻めと子勝頼の長篠の戦を合わせ、援軍要請の帰途、敵に討たれた勇士鳥居強右衛門を祭り、末裔《まつえい》も住む豊川市市田町の赤塚山の戦にした。市田町の上田氏の体から魂が出てしまった話を聞いた後で、稲沢の今枝氏から昼神温泉の結婚式の楽に誘われて、昼神という地名に神秘を感じ、阿智村という道しるべに異郷が浮かび、深い谷底、桃花の繚乱《りょうらん》、純日本旅館の能舞台、際立つ若おかみらから妄想が湧き、渡来人たちが焼き打ちされて亡霊となってさまよう里に笛の名手が誘い込まれ、亡霊たちを諭して笛で鎮めて竜が救っていくという幻影ができ上がった。

本の表紙絵を頼んでいた義兄が、心酔する佐原泰彦先生に話し、代わって描いてくださったのが何と竜の絵。雲の上の画伯から弊衣蓬頭《ほうとう》に王冠を頂き、ただ驚き。

後日談になるが、笙仲間の西園氏から、「昼神」の地名は日本書紀の日本武尊が東征の難路で山の神の化身の白鹿と争い、尊がかんでいたニンニクをぶつけて退治したので、ニンニク（ヒル）をかんで山越えするようになったことに由来する（阿智村史）と教わる。

国府高同級生の冨田氏からは、昼神は野田城で狙撃された武田信玄の死を伏せて帰路、荼毘《だび》に付した地で、渡来人の集落もあったと聞かされた。そこへ、第一線の声優小山茉美氏の日本神話「イザナミ語り」の舞台に笙演奏の依頼が入り、翌月、その国譲り神話ゆかりの諏訪大社に国府高同期の会で訪れ、翌春の六年ごとの御柱祭に雅楽奉仕依頼が舞い込み、まるで見えない糸で神代に手繰り寄せられているよう。

御柱祭の木落とし坂の脇の特設舞台では、元宮内庁式部職楽部首席楽長の豊英秋師、同、大窪永夫師の客演で六千人の大観衆を前に三日間演奏させて頂く栄に浴した。

豊英秋師は昨年の雅音会創立四十周年記念第十回定期演奏会に続いてであった。

末筆ながら善本社、前山本社長様、手塚社長様にはご多忙にもかかわらず、お粗末な草稿にじきに励ましを頂いて多年の夢がかない、感無量で心よりお礼申し上げます。

本当にありがとうございました。

●著者紹介
河口　功（かわぐち　いさお）

1944 年愛知県豊川市生まれ　県立国府高卒　長久手市在住
協和銀行　丸加　りそな銀行を経る
森下弘義先生に師事
三浦道恵　清水明典　浅井みちよ　西初晴の諸先生方に学ぶ
元宮内庁式部職楽部首席楽長　豊　英秋師の講習を受ける
伊藤嘉宏先生に催馬楽「桜人」を学ぶ
水野正徳先生に学び、和楽器スーパーセッションに参加

所　属

名古屋市指定無形文化財　催馬楽「桜人」保存会
長久手雅楽愛好会（長久手市文化協会会員）
愛知縣護國神社雅楽会　　　金山神社雅楽会（何れも名古屋市）
伊知多神社雅楽部客員　　大木進雄神社神楽客員（何れも豊川市）
天理教愛知教区雅楽部・雅音会　　　　　名京大教会雅楽部

●装丁
佐原泰彦（さはら　やすひこ）

師＊佐原泰治（父　水彩連盟同人）、市川晃（春陽会会員）、伊藤薫志（太平洋美術協会会員）豊川美術協会所属　世界平和美術文化賞、21 世紀秀英作家大賞　アートジャーナル社創立 20 周年記念読者大賞・評論家大賞
第 37 回國美藝術展（2013　於　東京美術館）国際美術協会グランプリ賞
第 38 回國美藝術展（2014　於　東京美術館）國美藝術家協会理事長賞・芸術功労賞　他国内外受賞多数

天楽の夢

平成二十八年七月二十一日　初版発行

著者　河口　功
発行者　手塚容子
印刷所　善本社製作部

〒一〇一-〇〇五一　東京都千代田区神田神保町二-一四-一〇三
発行所　株式会社　善本社
電話　〇三-五二一三-四八三七
FAX　〇三-五二一三-四八三八

ISBN978-4-7939-0474-5